無名子集

이 책은 2013년도 정부(교육부)의 재원으로 한국고전번역원의 지원을 받아 수행된 '권역별거점연구소협동번역사업'의 결과물임.

This work was supported by Institute for the Translation of Korean Classics - Grant funded by the Korean Government.

韓國古典翻譯院　韓國文集校勘標點叢書

無名子集 1

尹愭　著

姜珉廷　校點

凡例

1. 이 책은 尹愭(1741~1826)의 文集인 《無名子集》을 校勘·標點한 것이다.
2. 이 책의 底本은 韓國文集叢刊 第256輯에 실린 《無名子集》이다.
3. 原底本은 후손 尹炳曦 집안 소장본으로 異本이 없는 唯一本이다.
4. 底本에서 判讀이 어려운 글자는 原底本을 參考하여 判讀하였다.
5. 底本에 쓰인 異體字는 代表字로 고치고 校勘記를 달지 않았다. 代表字의 판단은 韓國古典飜譯院 〈異體字處理一覽表〉(2011)를 準據로 하였다.
6. 筆寫 과정에서 관행적으로 通用하던 글자는 文脈에 맞게 고쳐 쓰고 校勘記를 달지 않았다.

   例) 己 已 巳
7. 이 책에 사용한 標點符號는 다음과 같다.

   。　　疑問文과 感歎文을 제외한 文章의 끝에 쓴다.

   ?　　疑問文의 끝에 쓴다.

   !　　感歎文이나 感歎詞의 끝, 강한 語調의 命令文·請誘文·反語問의 끝에 쓴다.

   ,　　한 文章 안에서 일반적으로 句의 구분이 필요한 곳에 쓴다.

   、　　한 句 안에서 병렬된 語彙 및 名詞句 사이에 쓴다.

   ;　　複文 안에서 並列·漸層·因果 등으로 긴밀하게 연결된 句節 사이에 쓴다.

   :　　직접인용문을 제기하는 말 뒤 및 話題 혹은 小標題語로서 文章을 이끄는 語句 뒤에 쓴다.

   " " ' '　　引用 또는 强調하는 말을 나타내는 데 쓰되, 1차 引用에는 " "를, 2차 引用에는 ' '를, 3차 引用에는 「 」를 쓴다.

   【 】　　原文의 註를 나타내는 데 쓴다.

   ·　　書名號(《 》) 안에서 書名과 篇名 등을 구분하는 데 및 모점(、) 하위 단위의 병렬에 쓴다.

《 》	書名, 篇名, 樂曲名, 書畫名 등을 나타내는 데 쓴다.
___	人名, 地名, 國名, 民族名, 建物名, 年號 등의 固有名詞를 나타내는 데 쓴다.
▨	훼손된 글자의 자리에 쓴다.

目次

無名子集　詩稿　冊二

無名子集

詩稿　册一

讀書【乙丑】

月是太古月，書是太古書。
太古明月下，人讀太古書。

月暈【丙寅】

嫦娥竊靈藥，逃入廣寒宮。
天帝將捕治，長圍萬里空。

綿弓

綿弓弓樣製，彈綿學彈弓。
恰似初弦月，半出白雲中。

答奴告買月【丁卯】

僮僕欺余曰，"今宵買月懸。"
"不知何處市，費得幾文錢？"

讀楚辭

湘江流不盡，屈子怨無窮。
楚聲留萬古，蕭瑟起秋風。

筆花

彤管天然尖且團，化翁巧製滿林間。
若使蒙恬曾見此，不勞當日獵中山。

杜鵑花【戊辰】

薰風麗日氣清和，起拓南窓玩物華。
一夜雨聲春滿眼，遶山紅錦杜鵑花。

桃花

三月春天暮，桃花亂落時。
坐看如紅雨，高吟李賀詩。

喜晴【己巳】

連旬積雨喜初收，習習清風散我愁。
槐柳洗容晴景媚，鳧鷗樂意暖波游。
若非王子山陰夜，疑是蘇仙赤壁秋。
安得金樽與玉笛，錦帆沿泝大江流？

夜坐

夜久群囂息，憑欄意獨清。
疏星垂大野，落月半遙城。
潦盡金潭淨，雲開玉宇平。
青林來爽籟，胸海覺虛明。

七夕

七襄終日不成章，爲是今朝嫁鼓郎。
靈氣慘悽雙宿動，仙風飄拂兩旗張。
相逢未盡相離恨，一歲堪嗟一夜忙。
猶勝嫦娥空竊藥，年年獨宿廣寒堂。

喜雨【庚午】

隨風潤物細霏霏，颯爽眞能排烈暉。
枯槁禾苗顏發澤，凋傷草木氣還肥。
三旬大旱咨千口，一夜神功浹四畿。
雨玉雨珠胡可比？萬民從此庶無饑。

秋曉卽事

雲散星稀柳拂風，竹簾影黑月朦朧。
鍾聲滅沒寒江渡，樹色依微遠岫籠。
何事有哀蟲切切？阿誰相促雁恩恩？
蘆花十里蒼茫際，一曲漁歌興不窮。

霽月

積雨新收霽色呈，今宵光景十分清。
纖雲淨掃天如鏡，大火初流桂吐英。
灑落襟懷梧上照，從容氣象室中迎。
若爲邀得吾同志，共倒盈盈月下觥。

聽蟬

七月鳴蟬洗耳新，一聲寥亮徹蒼旻。
濃烟細柳風來夕，落日高梧露下辰，
斷續不知何律呂？凄清只覺爽精神。
前生定慕緱仙術，學得簫音遂蛻身。

春祝【辛未】

今日東君按節來，新春淑氣一天開。
我如草木乘生意，願作名花學圃栽。

詠火

炎炎相續未嘗絕，朝夕煙橫萬竈炊。
若使燧人曾不鑽，黎民那得免寒飢？

七夕

梧桐葉落火星流，七日佳辰七月秋。
不是無端終夕雨，天孫淚盡別牽牛。

除夜

賣他癡騃盡，仍把屠蘇杯，
舊歲宵中去，新春子後來。
千門呼博燭，五漏打堆灰。
將使甘羅笑，算年愧不才。

又

守歲家家人不眠，三彭上訴豈其然？
童心自有迎新喜，笑賀明朝得一年。

立春【壬申】

餅飄繭紙出，菜上玉盤行，
辛未隨灰盡，壬申共漏生。
千門陽氣至，玄陸歲功成。
數字區區禱，立春大吉迎。

苦熱

陽烏赫烈一何威？　火傘張空爐四圍。
道上行人多暍病，　園中蒔菜盡萎腓。
思將赤脚層冰踏，　徒喚蒼頭巨扇揮。
安得雲梯登九萬，　手傾銀漢洗炎暉？

苦蚊

炎鬱氣蒸草泃成，　乘昏得意任橫行。
遠來聒耳如遭哭，　近至叢身疑遇兵。
長喙微形飛噆善，　惡煙嗜肉往還輕。
露筋貞婦應哀訴，　天帝胡寧忍汝生？

七夕

癡牛騃女隔西東，　只得逢歡此夕中。
幸不長離恩有感，　却思前事悔無窮。
停梭翠袖三更動，　駕漢金蘭一道通。
送與人間多少巧，　年年猶復乞詞同。

大風雨【癸酉】

潑墨頑雲勢莫摧，疾風淅淅駕獰雷，
江濤直簸高山上，海雨亂隨走石來。
無計撥回天氣朗，何由快睹日輪嵬？
床床屋漏添愁歎，排悶新詩強自裁。

尋春【甲戌】

春草江城綠四邊，淡雲和日帀輕煙。
山川物色難圖畫，花樹鶯蟬勝管絃。
耽看池塘魚出沒，却忘簾幕燕蹁躚。
尋閑自是吾心樂，何妨人稱學少年？

其二

初過甘雨晚風微，萬象森羅自動輝。
款款雙蝴深藪入，浮浮獨鳥何山歸？
煙磯釣罷柳搖水，月夜人回花點衣。
堪喜甕間新酒熟，江魚白白正春肥。

驟雨

纔見崇朝陰，忽驚驟雨淋。
山光搖草木，船影亂津潯。
林鳥飛還落，沙鷗浮復沈。
庭前花半缺，綠樹自森森。

端午卽事

江天碧杳杳，江水波洶洶。
風送秋千舞，陰陰樹色濃。

遣興

深深吾亦愛吾廬，霽月光風興有餘。
原野綻紅花可訪，池塘躍白鯉宜漁。
心閑最好論文細，地僻何妨與俗疏？
城市故人多厚祿，今年已斷往來書。

七月十六夜，雨過涼生，雲收月霽，清景鼓興，敬次伯氏韻

喜雨初過興不勝，新涼一洗老炎蒸。

林疏遠壑清飆至，雲破長空素月昇。

便欲登仙跨彩鶴，何愁撲面鬧蒼蠅？

庭前散步高吟處，已覺楓林玉露凝。

雁

陽鳥知霜信，一聲萬里秋。

天長行整整，水闊意悠悠。

遠集先時候，將飛顧侶儔。

白鷗分興趣，明月滿蘆洲。

除夜

倏忽三冬遽已盈，新年斗覺在天明。

延祥萬戶帖金字，逐癘千村爆竹聲。

守歲苦嫌銀燭短，哦詩仍瀉玉壺清。

囊中多少勞神句？酒脯恭將學賈生。

寒食雨【乙亥】

山上浮青意，江頭漲綠波。
農家占有歲，寒食雨聲多。

大雨

雲容忽慘惔，雨脚劇縱橫。
列缺三光鬪，阿香萬轂砰。
得非北海捲，無乃銀河傾？
破塊不須歎，四郊溢喜聲。

舟行曉望

吹帆風淅淅，濕纜露斜斜。
白帶平湖月，紅浮遠岫霞。
蒼茫人語岸，閑適鷺眠沙。
回想籬邊菊，今開幾朵花？

夢有人呼韻，信口答之，覺卽了了【丙子】

博施宜袗褎，獨善樂瓢簞。
巧拙同規矩，堅高在仰鑽。
有苗斯有秀，觀水必觀瀾。
莫放金烏遣，奔跳勢似丸。

鞠歌

四坐且停酒，側耳聽我歌。
我歌何所歌？君聽我須哦。
我心狹天地，我氣壓江河。

我欲凌長風，遠遊窮八垓。
扶桑視尺咫，廣都看杯罍。
恥同齷齪者，出沒於塵埃。

茫茫九州外，有海無乾坤。
欲破萬里浪，邃以窮其源。
孰能從我行，與我同飛騫？

盈盈酒滿尊，爲子擊玉壺，
子無惜我去，且以勉吾徒。

借問焉所從？喬、松與翱翔。
摻手薄臨岐，世路劇悲傷。
寒風振萬壑，白日爲無光。
行行行路難，險隔山川長。

東憂暘谷深，西愁羊腸苦；
瘴霧南天凝，冰雪朔方聚。

而我已發軔，且欲勿觖觖。
堅車可躐山，利楫可涉水，
跬步且莫休，跛鼈卽千里。

君莫笑鶉衣！我不恥狐貉。
君莫笑蔬食！我有其中樂。

此日足可惜，所願學孔子，
不知老之至，斃而後乃已。

詠喬木【丁丑】

千劫蒼松半無枝，歲寒猶有後凋姿。
森森直幹昂霄立，大廈棟梁舍爾誰？

醉人

人之於酒乎，毫益而刀害。
聖者其猶難，凡愚誠自鄶。

蒼蠅

營營終日往來頻，隨處難明黑白眞。
也非不足偸生計，畢竟杯盤喪厥身。

山齋卽事【戊寅】

東窓睡覺射朝暾，遠屋唯聞百鳥喧。
峽束滄江天一穴，花圍村落洞三門。
溪邊坐石沾苔色，雨後栽蔬印屐痕。
莫道桃源有勝地！此中亦自別乾坤。

雨

點物細成潤，隨風斜作行。
不煩祈蜥蜴，已驗舞商羊。

暗暗添花藥，欣欣動麥芒。

白鷗何意思？衝雨戲滄浪。

步到豆毛浦，乘船向楊根【己卯】

間關豆浦路，邂逅楊江船。

帆影隨風轉，灘聲逐地遷。

峯留頻隱後，岸走巧爭先。

落日傍沙立，臨舷興杳然。

龍門山有龍湫懸瀑，可觀

爲看龍湫瀑，行行法寺東。

迎風巖石上，盡日水聲中。

噴勢山全柝，歸心海直通。

沈吟不覺暮，溪路落花紅。

遊斜川，敬次家君用陶靖節斜川詩韻，贈深寧翁

天地一陽春，物物皆休休。

而我當此時，陪侍得優游。

聯翩杖屨間，斜川曲曲流。

昔有海上翁，忘機不驚鷗。
我亦無心者，坐沙或登丘。
閑花簇紅紫，好鳥呼侶儔。

龍湫信奇怪，萬雷轟相酬。
借問淵明遊，亦復有此不？

偷得半日閑，忘却百年憂。
便欲營菟裘，更向主人求。

遊龍門山

飄然乘興躡嵯峨，前路分明問舍那【山下寺名】。
急瀑春來聲倍壯，層巒雨後嵐偏多。
魚山【寺名】僧到龍門【寺名】寺，稷粥禽鳴粟飯花。
遙指白雲【最上峯名】峯上月，竹筇斜披碧藤蘿。

遣愁

雲水濛濛小峽中，危軒獨對萬林楓。

羃山宿霧偏能雨，掠葉輕禽故自風。

客子魂隨鴻翼北，楊江波接鳳湖東。

愁來不用引詩興，詩欲排愁愁不窮。

觀網魚

昨夜今朝雨，前溪後瀑聲。

行持一網到，坐看萬鱗橫。

鳥喜鴨頭【溪名】浴，魚多牛卯【魚名】名。

清流愜素思，聊復濯斯纓。

寄宿山家

廉纖暮雨馬凌兢，爲向山村借一燈。

主人笑語君無味，吸草銜杯摠不能。

效《皇華集》中東坡體，仍次其韻

門外曾無顯者車，紅塵消息我全疏。

寒齋盡日殘香篆，臥看羲皇以上書。

除夕自歎【余今年十九。】

三餘送盡已除夕，默算行年到五更。
十九堪嗟眞碌碌，由來錐末事何成？

次李正言【載厚】**送別韻**【庚辰】

識荊三載沐淸儀，呼友慙非北海兒
每於暇日頻承誨，可耐今朝倏告辭？
春歸古驛離愁重，身遠靑山去夢疑。
祗應努力加餐飯，臨別何須歎盛衰？

舟中四絕

1.
羸馬尋江路，主人繫歸舟。
縱郎行次急，風浪奈中流？

2.
孤舟傍岸行，夜久些涼生。
水宿鳥飛起，也驚柔櫓聲。

3.

五月濤聲壯，黃昏野色幽。

篙師停楫語，"月黑前多舟。"

4.

霧裏扁舟行，依微遠岫隱。

江村聞犬吠，知是我家近。

次沈都事【埜】《考槃窩》韻

考槃寧俾昔人專？空谷誅茅寄暮年。

吟處筆濡紅葉潤，興來筇擲白雲巔。

塵纓抛却何曾客？野服蕭然自得便。

喬木風流寥落久，聖朝應不履簪捐。

歐陽文忠公守**潁州**時，雪中約客賦詩，禁體物語，凡玉、月、梨、梅、練、絮、白、舞、鵞、鶴、銀、飛、鹽、鷺、蝶等，皆請勿用，仍不使皓、皎、潔、素等字。於艱難中，特出神奇。其後**蘇子瞻**禱雨**張龍公**，得小雪，與客飲**聚星堂**。**歐公**二子又適在郡，因舉前令賦詩，此殆千古盛事也。獨恨**坡公**詩不能不犯"白"字，又兩公皆用"雪"字。僕生於數百載之下，每讀之，不能無憾。適值歲暮，寒齋夜雪，忽憶二公之舉，歆羨不能自抑。

忘其鄙拙，輒申前令，各次二公之韻，合二首，遂不復用“雪”與
“白”字。但坡韻押“雪”字，雖不得避，亦不敢用本意焉。九原可
作，二公亦必莞爾而笑曰：“若汝者，乃眞不持寸鐵者也。”

1.

蕭蕭草木皆斂萼，<u>巽二</u>、<u>滕六</u>相回薄。
陰氣初從同雲緊，暗響已隨密霰作。
黃昏海山驚黯慘，半夜乾坤忽昭廓。
一日能令世界變，萬物都逐寒威爍。

書生凍吟筆欲折，貧女夜織淚應落。
茫茫獵騎搜鹿兔，鬱鬱朱門擁狐貉。
開徑勢聳成雙呀，乘危力弱忽半攫。
空念櫪上縮寒蛩，可憐簷底噪飢雀。

靜坐未嫌陽生綷，出門却愁深沒屩。
共賀今年飽麥飯，田公嚇嚇相爲樂。

莫是化翁多戲劇？牢籠百態皆濯瀹。
使我胸中無一塵，獨立天地何廣漠？

<u>醉翁</u>昔能遺前言，詩令誰繼把筆椓？
我今千載追餘韻，爲題新篇發大噱。

右，次<u>歐文忠公</u>韻。

2.

寒風獵獵走萬葉，天地氛埃一漱雪。
忽驚虛堂夜半明，誤雞呃喔聲未絕。

江空野闊落無際，但聞蓛蓛簷竹折。
攪空絲絲遠近失，鋪地綏綏坑谷滅。

霍然一變無量界，吁此造化誰持挈？
兀兀蓬戶閉僵臥，醺醺暖帳生綺繾。

令人却憶歐陽子，脫略前言曾不屑。
俯視俗人笑塵陋，高揮巨筆驚暫瞥。

後來子瞻差可意，號令聽取前約說。
愧我未足追餘賞，獨坐寒齋冷似鐵。

右，次蘇文忠公韻。

寄故人

故人倜儻士，相別更長思。
宇宙孤心在，風塵一會遲。
共憐萍迹似，常歎世途岐。
何日城西宅，重吟醉後詩？

李進士【赫靑】自楊湖拏船來, 約共遊摩尼山, 示以一詩, 信口次之【辛巳】

斗室涔涔臥, 孤懷孰起哉?
簷過細細雨, 江吐殷殷雷。
有客行何自, 相迎眼忽開。
摩尼春色好, 清興意中來。

至江都, 登鎭海樓, 次韻

平生我愛沁都勝, 小艇乘潮興益隆。
天設金湯眞保障, 地浮滄海却豪雄。
戍樓人坐閑花裏, 沙島鳥飛暮靄中。
宿債摩尼今可償, 未登先覺襲清風。

尋傳燈寺

不見傳燈寺, 行行萬疊峯。
心忙覺愈遠, 山破訝還重。
亂石纏通逕, 殘花牛映松。
摩尼秖在此, 前路任疏筇。

登鼎足山藏史閣，次韻

盡日相携亂樹間，傳燈忽出却忘艱。
三郎城屹猶存古，鼎足峯高遠控灣。
也識煙霞冠我國，由來石室在名山。
他時太白尋遊處，表裏金湯未敢班。
【太白山藏史冊】

傳燈寺

一路蒼茫古木中，層層危石拄琳宮。
璿源系謹春秋奉，石室藏留歲月隆。
浪接樓頭誰吐氣？山分鼎足欲爭雄。
兹遊漸看多奇絶，朗詠飛過怳御風。

船逗浦次韻

何年船逗射潮波？白晝長虹半野過。
遊人自是無心者，偶逐林泉卷軸多。

登摩尼山塹城壇

檀君手築昔聞名，千載高壇上塹城。
須看足踏雲霞出，只許頭攙日月明。
魚龍驅去島千點，天地浮來杯一泓。
剛恨眼前多宿霧，後期留待雨新晴。

祭天壇

王儉何年至？塹壇古更奇。
空留遺迹在，猶似祭天時。

祭天壇煮花，次韻

松濤巖瀑滿山颼，噴沫空中玉雪浮。
却摘紅花盈素筥，更將白粉和清油。
細吹殘焰初開鼎，團作濃香倏入喉。
此日勝遊猶有恨，奈無從事到青州？

登積石山，欲觀落照，是日雲靄不得見，可嘆

積石山高黨碧天，沙彌導我上層巔。
欲觀落照愁雲掩，謾詠新詩寄悵然。

下山後，戲贈同遊諸人

先我東坡詠我行，"玆遊奇絕冠平生。"
却被重雲欺落照，逢人羞說到江城。

尋白蓮寺

行行度澗石，步步聽風松。
欲向白蓮寺，雲深幾疊峯？

白蓮寺有老僧，說丙子亂相傳之語

丙丁胡騎日憑陵，此地誰家避亂曾？
寺僧解說當年事，"某氏捐生某不能。"

登江都南門樓，有感

國事丙丁板蕩秋，欲尋遺迹不勝愁。
輕鋒莫禦無天險，重任非人奈廟猷？
只爲江都失守誤，遂貽南漢下城羞。
朝宗舊路今安在？嗚咽寒波自北流。

李上舍向朴淵，余有故徑還，臨岐口呼二絶，送別

1.
不期而會不時出，數日同遊亦有緣。
今朝忽送朴淵去，獨立城頭意杳然。

2.
憐君今日有餘興，憨我中途未了緣。
滿月朴淵無限景，儻憑歸語意泠然。

鎭海寺

鳥飛夕陽波，僧度白雲壑。
滿山蒼翠中，清磬數聲落。

歸路，歷比兒山文殊寺

搜盡名山到比兒，昔年負笈幾多時？
人情自是忽於近，滿眼風光不賦詩。

率家將向楊根，覓船不得，漫吟【壬午】

盡日尋船不得船，江干獨立意茫然。
自憐身計拙無比，却被人間一累牽。

舟中，敬次己卯陪家君舟行時韻

卦席船初駛，穿山水漸淸。
婢驚灘石觸，兒喜岸村平。
魚出長難久，鳧行故自輕。
龍門何處是？天際白雲橫。

上龍門山白雲峯，忽逢一童子，問路

白雲峯下白雲深，散步巖泉畫裏尋。
邂逅忽驚童子出，問渠“何處是仙林”。

登白雲峯

層層危石拄乾坤，古木蒼茫日月昏。
地劈千尋山彌智【山本名】，天開一穴郡楊根。
頭擎帝座通呼吸，足躡仙風爽魄魂。
便覺朝鮮眼下小，茲遊奇絶是龍門。

繞登白雲峯，忽白雲冉冉自山腰起，頃刻環繞瀰漫，成無邊白海

特地登臨第一峯，深深從古白雲封。
欲辨燕、齊纔引頸，漸離膚寸倏圍竻。
身外忽驚滄海闊，坐間已失水山重。
應知仙子要持贈，故出靈氛滿眼濃。

無題

昔遊龍門寺，但仰白雲峯。
今日白雲立，龍門斯下風。

峯頭有杜鵑花兩叢盛開，時則仲夏望間

白雲峯上絶人煙，不盡長風萬里巔。
化翁亦被山靈却，五月中旬始杜鵑。

舟宿，夜半不知浮去，忽聞漁笛，可意

扁舟不繫落花濱，眠罷蓬窓度遠津。
白雲深處逢漁笛，怳惚相驚畫裏身。

炎涼

俗態炎涼變，世情雲雨新。
昔能無憾友，今豈借乘人？
爲我嗟皆是，謀忠竟孰珍？
行收妻子去，到處任愁顰。

余過濱陽值重九，而適阿睹病，力不得豫登高，愁獨無聊。客有來言：“今日之會，麴生不來，風味難忘。於是深寧翁詩之，五知菴和之，皆惓惓寓歎。子欲聞之乎？”余遂用其韻，反其語以釋其意。儻二公覽之，其不罪我否{是時以酒禁甚嚴，飲者嗟歎。深寧

翁，鄭進士漢雄自號；五知菴，金平澤光啓自號也。】

佳節重陽每歲娛，登高與客卽提壺。
天回昔日非今異，酒向吾曹已分無。
手裏芳英嗅自趣，胸中磊塊澆何須？
茱萸細看醒還好，不必歸來醉得扶。

病眼

病眼連旬苦未蘇，聞晴强被短筇扶。
玄花白日空迷亂，野樹山村遠有無？
謾把金篦思刮膜，却嫌俗物復撩吾。
百年世事何須問？已向風塵不見圖。

借馬不得，戲贈其人

有馬今無借人乘，仲尼當日尙嘆曾。
淳厖古俗嗟愚甚，緊着斯時曰我能。
每道背傷猶策駕，恒言足蹇亦飛騰。
似聞疫氣遍千里，槽櫪不妨騈死仍。

漫占

明朝將啟發，天雨更淹留。

借馬今亡矣，謀忠古有不？

非難納履去，聊欲乘桴浮。

問舍終南計，何時便得休？

壬午十一月初吉，卽家君周甲日也。敬伏藁，以效忭祝之誠

佳節黃鍾朔，生辰壬午回。

人間大德得，天上壽春栽。

花甲瞻南極，斑衣愧老萊。

今朝小子祝，玄黓萬年來。

又。敬次家君韻，拜獻

無情羲馭六旬催，花甲高堂此日回。

善禱方騰松柏茂，孝思還切《蓼莪》哀。

祥開碧落南星曜，律動黃鍾朔氣灰。

海屋添籌期萬萬，斑衣庭舞共雲來。

又。敬次伯氏獻詩韻，拜獻

天垂極曜曆生辰，遐算方看韌六旬。
靈葉日生三萬莢，茂枝花滿八千春。
有詩徒祝箕疇福，無養偏傷子路貧。
共聽純深庭下訓，樂吾無故兩人身。

偶吟絶句五首【癸未】

1.

女弱同元亮，妻賢勝敬通。
自憐生計拙，棄置楊江東。

2.

彭殤雖曰殊，俱是盡天數。
何事世之人，強思分好惡？

3.

膏粱長覺厭，狐貉苦無溫。
爭似竹窓下，啜芹仍負暄？

4.

苟使芳未流，無寧草共腐？

如何樂禍徒，遺臭欲終古？

5.
多病心長苦，卜居計又違。
寒齋獨坐歎，春雨暮霏霏。

下第後寫懷

兩會去年俱潦倒，五場今歲又蹉跎。
誰人肯買千金帚？當世惟憐半額娥。
中酒不須眊瞇打，吟詩羞作怛忉歌。
<u>廬江</u>最愧<u>毛生</u>喜，奈此高堂鶴髮何？

又。作絕句

妻見羞無語，婢聞嗔有聲。
二者皆閑事，不堪愛日情。

晚發

長路間關獨自知，短篷晚發<u>鳳湖</u>湄。

公然霧裏孤村失，無數天邊疊嶂疑。
岸石危通行客苦，野橋斜渡夕陽宜。
吟詩本欲忘途遠，一字難時更覺遲。

宿奉恩寺，乘舟

扁舟繫岸宿禪簷，三老開頭報水籤。
夜雨染生千樹嫩，朝雲畫出萬峯尖。
東陵悅眼春光早，南漢傷心落照添。
聞說龍門花事爛，山行日子不須占。

斗尾峽

居然斗峽出，怪底石間流。
霧產分明岫，沙吞特地舟。
村村粧柳杏，水水樂鳧鷗。
明日龍門入，平生有此遊。

雨中獨坐，見幼女戲於床前

仰母憐渠小，靡家歎我疏。

默坐雨聲裏，百憂春草如。

雨後朝望

添舌憐溪水，啼粧感砌花。
村家凡幾住？半沒遠山霞。

暮投田家，記所見

田父携鋤暮歸家，迎門稚子喚“爺爺”。
“隣兒不謹繫牛索，齕盡溪邊五畝禾。”

窮峽

窮峽深深入，岷風處處殊。
溪上觀魚婢，山中乏木奴。
世降多騷屑，人貧少丈夫。
憑軒發大嘯，一任判頭顱。

遣興

深峽斜陽霽色生，滿村花柳更分明。
青山注目無人語，倚遍虛堂四五楹。

山行，記所見菜女

腰帶筠籃色丰茸，披雲采采露纖蔥。
見客忽然含笑走，藏身急向木芙蓉。

代次人韻。四首

1.

黃鍾羞瓦釜，蚓竅亦蠅鳴。
宇宙多朝市，風塵少耦耕。
徑開仲蔚宅，人識伯休名。
自是忘機好，何須海上盟？

2.

霜方豐蠡響，鼓始蜀桐鳴。
早歲堂堂去，荒田故故耕。
百年《三疊曲》，萬世千秋名。

把筆因人強，全輸十九盟。

3.

幽窓眠忽罷，深樹鳥相鳴。
渚釣斜陽鰈，山田細雨耕。
蕭條千古意，寥落一身名。
微爾吾誰與？江湖早有盟。

4.

捲簾晴晝永，橫膝素琴鳴。
焉用三冬史？只宜數畝耕。
論心欣有友，遯世貴無名。
已讓超乘氣，眞成代起盟。

夜泊舟，宿鳳城村舍，距家十里

敗壁頹窓四面風，中宵來借主人翁。
廉纖秋雨侵愁夢，顚沛行裝問小僮。
側耳鷄聲偏似靳，攪心蟲語一何工？
沿江十里前程近，暗算明朝水可通。

遊子

曉發西天拜北闈，兩親執手恐遲歸。
出門自落千行淚，負米平生我未希。

余素不喜題僧軸，偶逢楓嶽僧於龍門寺。談其名勝，亹亹可聽，因乞題其軸。余神遊此山久矣，聞其言，怳若泠然御風，聊書以贈

金剛名勝飽聞曾，滿說仙區又此僧。
待吾他日尋眞入，萬二千峯共爾登。

客中除夜，次高達夫韻

迎新久客苦難眠，愁對枯燈意杳然。
默念家鄉知遠近？悠悠倍覺夜如年。

既登上第，無故被拔，漫吟遣懷【甲申】

平生親老又家貧，屈節風塵赴擧頻。
朱批幸得魁高第，黃甲公然屬別人。

空悲末路趨炎熱，忍向高堂慰夕晨？

十年奔走成皮骨，不是功名汲汲身。

豐德衙贈李生

偶爲旬日客，忽見故人過。

柳暗端陽節，雲迷德水衙。

驚人道舊句，握手聽新歌。

多少靑松意，臨岐恐日斜。

謹次宗丈送別兩絶韻

1.

離懷長路倍愁霖，曲曲靑山翳暮林。

不惜浮生閑聚散，忘年厚眷奈偏深？

2.

窮途莫歎鬢垂絲，吐氣經綸會有時。

秋菊春蘭元各賦，當年蔡澤亦棲遲。

賀再從曾祖老安堂陞秩榮先，拙構敬呈

投簪向日視雲輕，卿月還從極宿明。

海屋添籌千歲祝，泉塗改照一門榮。

孝思元自通孚感，天道故應降福禎。

盛事相傳疇不艷？ 將垂家乘永休聲。

客中除夕，步老杜《杜位宅守歲》韻，口占寫懷

除夕倍思家，山河滿雪花。

浮游憐旅羽，歸哺羨林鴉。

意懶身渾拙，業疏歲忽斜。

眞如送人別，回首向天涯。

客中贈族弟偉【乙酉】

與弟同爲客，相携憶洛航。

居然經歲月，俱是戀家鄉。

古驛春生早，寒江雪暗長。

源源行可卜，飄泊也何妨？

將迎家眷，歸洛偶吟

爲累眞妻子，靡家歎我生。
不成楊峽置，復作洛濱迎。
世路多傾險，人情摠妬爭。
故園無限思，滿眼送波聲。

斜川之傍有躑躅巖，巖下有瀑布可觀，口占短律，贈同遊諸人

斜川憶昔翫龍湫，不謂名區咫尺留。
賴有暮春冠五六，解教半日客優游。
洞門雷擊晝兼夜，山頂雪飛夏亦秋。
躑躅巖邊無躑躅，何妨泉石自清幽？

楊峽竹村有小川，清瑩淙琤。值客愁，輒翫濯終日，因得二絕一律

1.
散步到溪上，坐聽流水聲。
不知日將暮，無數濯吾纓。

2.

誰往復誰繼？川流至理微。
無人談此妙，注目樂忘歸。

3.

水哉何取水？逝者乃如斯。
間斷元非理，周流自不私。
極知觀有術，深感息無時。
願學平生志，百年儻可期？

楊江待舟

待舟胡不至？春盡夏將半。
萬事皆如斯，臨流發浩歎。

未及登舟，主家有故，暫寄廊底。其主日相促迫，苦惱萬端，漫成一絕

暫借村房數日依，主人何事苦相疑？
惟有子規知我意，隔林頻道不如歸。

是歲痘疫大熾，有人示余一律要和，蓋欲以强韻困之也。聊戲次之

痘疫元從熱在腔，人生一度必相撞。
三三日數排旬五，箇箇顆斑有疊雙。
氣血耗虛何恃寡？根窠紅活不嫌厖。
可憐愚俗眞難曉，却藥惟持迓客幢。

今年痘疾頗險，而辛氏兒五男妹俱得順經，喜可知也。詩以賀之

頭角參差摠食牛，今年痘疫又新收。
一先四後初相繼，二女三男倏並瘳。
順症眞看勿藥喜，吉祥端賴自天休。
從玆透得大關嶺，膝下免教父母憂。

俗以庚申日，三彭伺人眠時，即以平日過惡，訴于上帝，遇此夜輒不眠。余思之，有不然者，漫筆示兒輩

世人多罪獲于天，謾守庚申强不眠。
何如內省自無疚，縱有千彭亦靡緣？

留別應祿。二絕【辛氏兒應祿時年八歲，而開口輒能驚人。余愛之，以爲可與於三樂，故末句勉之。】

1.

明朝將別汝，坐愛山日暮。

大江流不休，歸棹苦難住。

2.

愛爾幼而才，眉目炯如畫。

痘疫今已經，讀書愼毋懈。

借居西湖濯纓亭，題壁四首

1.

背郭江亭號濯纓，滄浪孺子讓吾清。

柳陰細映晴沙遠，帆影時隨落照橫。

百年靡室從人借，萬事憑詩逐意成。

洛水長流汾曲去，倚欄滿目送波聲。

2.

飄泊生涯市暨邊，澄江如練抱村圓。

區區嬾計分詩興，寂寂虛窓寓道玄。

弔影形單蠶曲踡，回腸日九鳳湖煎。

屢空簞食眞堪樂，客坐何愁乏馬轜？

3.

吾拙昧生理，臨江謾借居。

尋閑聊爾耳，閱世竟何如？

妄意聖人學，虛拋俗士書。

徘徊天地暮，終歲伴樵漁。

4.

天地青蠅滿，江湖白鳥多。

吠聲忘自棄，射影喜人過。

君子欺猶可，公論定謂何？

眞堪資日省，未必非磋磨。

乘小舸，往栗島沙場，觀射侯，口占

粉鵠高懸返照明，渚淸沙遠柳陰輕。

盛時豈欲誇奇藝？暇日聊謀樂太平。

白羽星流山影動，紅心雹落水紋生。

如今漫浪觀猶壯，何況當年疊圖情？

隣有趙老人，自號樓霞翁，見余觀射詩和之，兼寄二律。旋卽次送

1.

簾纖舊雨繡空明，遠岫依微霽色輕。
秋月迎懷寒水照，江村極目暮煙平。
百年飄泊誰親友？萬事迂疏笑我生。
可道知音無此世？新詩相和荷深情。

2.

偶爾江湖客，居然萍水隣。
忘年交有誼，知己世無人。
白露蒹何處？光風柳此濱。
商歌聊曳履，吾本不憂貧。

3.

小屋扁舟似，自疑是釣翁。
鳧鷗長泛泛，雲水日濛濛。
耽景分詩思，訝奇問化工。
西隣今幸托，得句也應東。

霞翁又寄以進退格，聊復次之

水國涼風動遠梢，倚欄秋思正迢迢。
詩書舊業戈舂黍，漁釣新交漆遇膠。
無可奈何生計拙，不如歸去客懷怊。
觀瀾至理共誰語？滿眼波文似衆爻。

再疊

秋霽天高月卦梢，吾人意思共迢迢。
愛日深情長陟岵，知音厚誼誰投膠？
素位粗膰經訓炳，吟詩不恨客心怊。
功名汲汲非愚志，案上猶存未學爻。

三疊

君子由來見末梢，高山景行百年迢。
陰陽故似門樞轉，義理難容瑟柱膠。
洒落襟懷元浩浩，和雍氣象豈怊怊？
畫前至妙非無易，直到包羲始有爻。

四疊

今世伊誰和玉梢？牙、期千古謾迢迢。
直欲掃愁安得帚？却思粘日恨無膠。
萬里秋風空自興，百年人事不勝怊。
優游水閣聊終歲，已學滎陽讀一爻。

五疊

鹽車日晚踘蒲梢，果下金鞍騁路迢。

犬吠林叢眞苟苟，鷄鳴風雨忽膠膠。

滿目山河空迹浪，側身天地極心怊。

幽村閉戶歲將暮，獨坐焚香玩象爻。

六疊

衰世難逢副手梢，漏船沈醉碧波迢。

雪消已覘氣流鐵，葉落先知威折膠。

若爲回首鄉愁切，無那關心旅迹怊。

焉得師如夫子聖，終身請學《韋編》爻？

又次霞翁韻

澄江如練謝氛埃，多少江村擁翠臺。

天氣淸明秋頓霽，夜光浮動月東來。

鳥鳴深樹誰相使？鷗泛盤渦故不回。

到處忘機已可驗，野人爭席漁爭隈。

再疊

斷岸疏林絶點埃，淸江白石好樓臺。

漁翁網捲寒波去，商客帆懸落照來。

咫尺市朝耳欲洗，尋常松菊夢頻回。

蒹葭秋水蒼蒼老，所謂伊人若箇隈？

三疊

度外通衢十丈埃，日高睡足每咍臺。

春如有急堂堂去，老衲相呼得得來？

不忿鵾雛飛見嚇，生憎蠅蚋逐旋回。

讀書自笑龍鍾極，旅迹無聊漢水隈。

四疊

寶鑑元非染垢埃，無邊光景此靈臺。

雨甘草苗含生樂，水到船浮得意來。

上下鳶魚活潑在，清明風月弄吟回。

閑居盡日喧譊絕，多少漁歌極浦隈。

五疊

從古人多混世埃，百年襟抱倚高臺。

聖賢豪傑眞師友，毀譽愛憎任去來。

上下無交陳、蔡厄，行藏有命晉、河回。

區區願學平生志，安得一遊洙、泗隈？

六疊

光風霽月淨無埃，一氣沖瀜萬景臺。

厚重高山元壁立，源頭活水自清來。

從容意象琴歌寓，洒落胸懷浴詠回。

惆悵無人知此樂，蕭然獨立暮江隈。

七疊

百年萬事一浮埃，卿相元多出阜臺。
山林未必皆長往，軒冕誰將視儻來？
堪悲雪涕死諸葛，叵愧戟髯生彥回。
終古英雄空潦倒，幾人藏在谷巖隈？

八疊

甲第紛紛極目埃，獨吾無地起樓臺。
後門誰揖前門揖？今雨不來舊雨來。
棋變人情眞有幻，水流世道未曾回。
故園日暮催歸思，悄倚空欄望遠隈。

九疊

言貌取人走俗埃，失之宰我又澹臺。
書惟可意堆床在，月解消愁滿眼來。
行不如歸歌數闋，計將安出首重回。
山中景物多閑淡，遙憶白雲採藥隈。

十疊

世路紛紛頭沒埃，清秋萬里獨登臺。
觀瀾已覺吾心樂，敗意何嫌俗物來？
細雨鳥飛恒側側，高枝葉落故回回。

恩翁、松老空文藻，恨不相携水石隈。

十一疊

懶尋詩句筆生埃，手攬長竿下釣臺。
水色風時閃白去，山容雨後迭青來。
魚何樂事爭遊戲？鳥亦世情巧背回。
納納乾坤如許大，此身羈旅少城隈。

十二疊

萬物於吾即一埃，希夷千古閉雲臺。
詩逢會意思如助，客有可人待不來。
環堵何傷非病憲？簞瓢堪樂屢空回。
江村歲暮無車馬，惟幸佳篇到岸隈。

次霞翁韻

秋盡客心遠，江居生事微。
元非鷗有意，但使我無機。
訪友塵譚每，吟詩好料稀。
沂、雩千載想，安得詠而歸？

復次七律韻

借宅蕭疏久索居，江湖滿地友樵漁。
田間醉罵真堪喜，意內畛畦已盡鋤。
却混鳳鷄人孰辨？謾嘲蠅蚓語猶虛。
優游卒歲饒新趣，潦倒悲秋憶故廬。

其二

太平皆願少須臾，憨我龍鍾誤冠儒。
日日嚶鳴憐谷鳥，朝朝反哺羨林烏。
貧誠非病唯應樂，巧未如人只守迂。
惆悵百年無與語，天寒水落客懷孤。

余平生不喜費精力爲詩，人有倡之者，亦惡崖異，旋復信筆
和之，盖可以得已則已也。以故人亦不苛責焉。間借居江
亭，涔涔離索，適與棲霞翁隔籬。翁性癖耽句，動拈韻要步。
余亦不辭，隨輒和酬，要以遣懷消寂而已。前後所作，奄成
數十餘首，因自笑曰：“起余者，翁也。”

余今年二十有五，而始有弄璋之喜。偶讀蘇詩，有曰：“人皆生
子願聰明，我被聰明誤一生。但願孩兒愚且魯，無災無難到公
卿。”意甚陋之，因反其意而步其韻，凡四首。聊以爲孩兒之祝
辭云爾

1.

蘇翁生子厭聰明，未必聰明誤一生。
但使聰明仍好學，時來何患不公卿？

2.

元知愚魯勝聰明，能學顏、曾不愧生。
堪笑望兒愚且魯，區區但願到公卿。

3.

洪均賦予我聰明，不恨聰明誤此生。
窮達在天行有命，浮榮何必羨公卿？

4.

如愚若魯是聰明，好德自然萬福生。
康寧壽考多男子，人爵儻來公與卿。

乙酉臘月二十五日丑時，乃丙戌立春也。詩以付諸門楣，祈福東皇

鍾動鷄鳴曉色晴，東皇按節此時行。
迎人淑氣和風轉，滿室休祥吉夢呈。
萱棣榮輝丹桂映，麒麟抱送角犀盈。
太平自作新春賀，萬里滄浪一振纓。

又。題四絕，帖之四窗

1.

俱存無故樂乎而，弄月吟風又有之。
清晨繞筆靑霞起，爲寫新春第一詩。

2.

家貧無以爲親歡，金榜來春佇錦還。
試看汾曲趨庭喜，何似廬江奉檄顏？

3.

擧業壞人不得已，緇塵奔走幾居諸？
惟願今年了此事，從容尋玩《韋編書》。

4.

靑雲洛水溢佳氣，知是東君第一朝。
移榻南榮春日暖，笑看舊歲雪全消。

四月八日觀燈，有人呼強韻，口占應之【丙戌】

仙家方朔昔偸桃，又竊金丹擬代毛，
忽蹴爐中紅萬點，家家撒却滿城濠。

濯纓亭二十景

1.

戍削峯巒卽水南，晴朝相對綠濃含。

堪喜箇中光景絶，非煙非霧是輕嵐。

右，冠嶽晴嵐。

2.

奇巖陡作斷崖門，萬古長江任吐吞。

潮水晚來聲倍壯，也應全沒昨宵痕。

右，籠巖晚潮。

3.

明沙環繞綠波漪，奪目光晶玉屑疑。

欲識就中奇絶處，一天霽月皎然時。

右，平沙皓月。

4.

茫茫極浦勢縈紆，老樹幽村遠有無？

玲瓏水色山光裏，數點孤煙勝畫圖。

右，極浦孤煙。

5.

島晴沙遠柳陰輕，粉鵠高懸隔水明。

憑欄坐愛穿楊技，纔看星流已鼓聲。

右，栗島射侯。

6.

沙如白雪女如花，白石灘清浣白紗。

玉腕輕嬌波蕩影，水中箇箇是西家。

右，白石浣紗。

7.

樓臺羅絡亘湖東，依岸高低自不同。

最是新晴衝暮景，層層粉碧畫圖中。

右，夕陽樓臺。

8.

風吹帆影遠相連，暮入寒江白雨天。

依微立立雲煙裏，只見檣頭不見船。

右，暮雨帆檣。

9.

中分二水鷺洲斜，裊裊炊煙望裏賒。

村家列岸知無數，爲有柳陰半被遮。

右，鷺洲遠村。

10.

蠶渡垂楊綠作行，縈煙裏娜拂滄浪。

千絲剩繫行舟着，來去緣何日日忙？

右，蠶渡垂柳。

11.

萬籟寥寥但聽江，夜深漁火忽雙雙。

映來映去驚幽夢，直射淸欄透入[1]窓。

右，夜窓漁火。

12.

春波日日貴遊多，檻外尋常錦纜過。

湖如鏡面人如畫，歌扇舞裳又似何？

右，春渚貴遊。

13.

六花初霽遠光浮，南漢嵯峨白堞周。

丙丁以後城猶在，雪色年年未雪羞。

右，南漢雪堞。

---

1 入 : 저본에는 '八'. 그러나 한강은 탁영정(濯纓亭) 남쪽에 있었으므로, 밤에 한강의 고깃불이 사방의 창문으로 비쳐든다는 말은 이치에 맞지 않음. '入'과 글자의 형태가 비슷하여 전사 과정에서 잘못된 것으로 판단하여 수정.

14.

霜落西郊萬葉知，風飜夕照十分宜。

深紅間點深黃色，渠自無心我見奇。

右，西郊霜林。

15.

村村煙起又斜暉，沙上樵群歷歷歸。

天然物色眞堪畫，爭那歌聲隔水飛？

右，隔水樵歌。

16.

小艇乘流竟日於，"垂竿借問意何如？"

"主人非我安知我？我自爲閑不爲魚。"

右，乘流釣竿。

17.

終南罷霧氣佳哉，鬱鬱松林翠作堆。

東籬日夕悠然見，一路分明粉堞回。

右，木覓蒼翠。

18.

青溪斜對立蒼顏，一種新奇杳邈間。

深峯故是饒雲霧，天外時時失半山。

右，青溪雲霧。

19.

飜河決海百神勞，千里驅來氣勢豪。

崇巖巨島皆淪沒，<u>冠嶽山</u>餘幾尺高？

右，夏霖觀漲。

20.

一夜寒風水色新，魚龍寂寞失經綸。

行客恰如羅襪子，瑤池步步不生塵。

右，冬天賞氷。

<u>濯纓亭</u>江中八景

1.

江澄風靜細紋生，閃閃日光映射輕。

阿誰碎却金千片，撒在波間巧滅明？

右，日。

2.

月色波光淸夜宜，一條飛動影娥池。

<u>羅公</u>新幻銀橋出，偸得《霓裳》也有誰？

右，月。

3.

歷落寒星映夜湖，忽如漁火忽如珠。

分明一局棋初罷，黑白不知孰是輸。

右，星。

4.

長看平淡亦尋常，風動波瀾幻景光。

高成銀屋低成雪，箇裏奇權孰主張？

右，風。

5.

風吹白雨遠迷天，水面斜橫色似煙。

初見落來圓箇箇，滿江瑟瑟更無圓。

右，雨。

6.

滕六花飛水色寒，琉璃界上有奇觀。

釣叟把竿垂首睡，半蓑雪滿半蓑乾。

右，雪。

7.

澄江更有霽煙環，細裊輕籠態絕閑。

驚得睡沙白鳥起，拖分一抹過前山。

右，烟。

8.

曉霧迷江色若曛，非煙非雨弄紛紛。
兒龍應學呼雲術，何似<u>南山</u>豹變文？

右，霧。

觀漲

岸容沙色化翁評，或恐夏來減却清，
爲思洗出千層景，急召五丁覆八溟。

柳

縈煙裊娜不勝嬌，舞榭粧樓處處搖。
却恐佳人妬盡折，葉如眉細枝如腰。

遙望沙外，平地忽有大帆陡起，迤邐而過

沙外但平郊，不知中有水。
朝來新雨過，忽見風帆起。

小艇

小艇似蓮葉，徘徊明鏡中。
借問搖搖者，"得非太乙翁？"

晴江

雨後秋江奇復奇，只應泛泛白鷗知。
我欲問鷗鷗不答，傾身故意沒盤漪。

曉起即事

衆雞爭唱遠村晨，洲月斜橫樹影繽。
漁歌知在東南岸，水色蒼茫不見人。

觀漲

誰觸地維倒海波？陰官奔命百神訶。
漂搖山嶽衰微甚，辟易魚龍處置何？
人疑日夜浮沈去，舟似天河蕩漾過。
極目東南青草岸，村家猶自夕陽多。

其二

柝開東峽漲江潭，濁浪掀空萬里覃。

驅駕漸看孤島滅，怒騰俄駭遠峯函。

直將氣勢吞天地，無那顧瞻失北南。

欲詑壯觀題數句，如吾筆力恐難堪。

九日，寄東隣，問菊花消息

忽驚九日至，斗覺一年催。

作客仍多病，悲秋已斷杯，

無緣落帽會，猶上望鄉臺。

爲問東隣菊，"今朝開未開？"

與二三隣客，同翫江月，呼韻使賦，仍次之

秋空霽月正無邊，隔岸江村點點煙。

澄波十里平如鏡，一色分明上下天。

除夜走筆

百結先生琴作杵，我欲效之本無琴。

坐看明朝歲將改，北風吹雪肆窮陰。

稚子號寒復索飯，爾獨胡爲攪我心？
況是汾津百有里，岵屺陟陟情不任。

寂寂逃踪蓬藋逕，終年未喜登然音。
遠鴻廻翔驚塵網，寒鴉反哺歸暮林。

得年居然二十七，自憨歲月空駸駸。
上天至仁臨覆下，願言照此愛日忱。

春帖【丁亥】

春祝年年浪費辭，東皇也厭太支離。
余欲無言今歲帖，儻能勝似有言時。

有人賦松、竹、菊、梧，蓋欲以強韻困和者，而觀其能也。聞而次之

1.
自能直節抱，一任雪霜遭。
出壑軒危蓋，當風碎怒濤。

青青獨也正，落落見他驚。
今世無良匠，棟梁喜得逃。

右，松。

2.

此君眞我友，氣味漆投膠。
疏韻含龍子，淸陰待鳳巢。
巉生先秬黍，荊貢壓菁茅。
萬尺空庭月，休敎與可嘲。

右，竹。

3.

籬下金英吐，秋香滿一齋。
風淸容自淡，霜打力能排。
三徑宜爲友，千葩敢與儕？
吾惟愛晚節，非欲世相乖。

右，菊。

4.

偏宜月霽夜？可是雨收晡。
莘莘碧雲聳，亭亭青玉扶。
也令絲奏羽，不比竹嘲鬚。
一奮朝陽鳳，餘風立懦夫。

右，梧。

人又有以兩强韻詠南草者，而其難又有甚於四物韻。人爭和之，率多牽强雷同。余雖不吸此物，而不能不起興於遊戲翰墨之際，聊幷次之。至於"桑"字句，頗不禁慨歎之懷，亦由余不識草中趣而然耶

蒔畮頻澆小澗溶，除岐培本費勤攻。
淸煙解使千人愛，巨葉眞看百草宗。
早託心交隨竹鐵，爲乘火德旺林鍾。
欲論第一治痰術，與爾不妨席上從。

其二

稡味眞能棄意羊，樂飢何似泌之洋？
已凌南海沈鳶瘴，却笑東田解馬繮。
火攻故是傳諸葛，草具非關賣項王。
萬葉家家盈五畮，如今不見樹墻桑。

春冰欲解，往往有碧波如席處，便有鳧群飛下沈浮。謾詠三絶

1.

二月江氷片片開，爾從何處聖知來？
群飛拍翼波紋曳，極樂界中去復回。

2.

自得於心以自娛，乘流悠爾逝須臾。
不知列子御風日，似此泠然善也無？

3.

隨波泛泛樂猶餘，聳首翻身直入虛。
玻瓈千頃無尋處，忽地浮來却自如。

北漢山映樓

杭海橋前山映樓，登臨水石一何幽？
芙蓉削出三峯立，玉雪飛來萬瀑流。
僧帶夕陽投寺崦，鳥穿煙樹上簾鉤。
莫言勝地人能占，天作巖臺問幾秋？

又。作絕句

漢北城中千疊嶂，白雲臺底數間樓。
多意化翁勤鍊石，高承危檻下承流。

再遊山映樓

山映樓前絶世塵，煙雲水石暮添新。
寺僧帶月穿林至，怳惚相疑畫裏身。

留別肅上人

與君同住二旬間，夜夜清談似舊顏。
桑下尙餘三宿戀，可堪回首別雲山？

洗劍亭

巖石天然平且寬，層層相拄似龍盤。
鍊戎臺老千年畫，洗劍亭高數曲欄。
飛洞玉流鳴榻下，列屏蒼壁聳林端。
佳名謾獨留華扁，萬事憑軒涕自汍。

至日偶吟

雷發地中半夜聲，純陰月盡一陽生。
天心可見窮還復，人事如何否不傾？

春帖

高牙靑陸降東皇，佳氣融融迓吉祥。
桂吐天香蓮共採，萱增春色棣仍芳，
兒能認字同居易，妻亦安貧似孟光。
乾道默觀眞不忒，窮陰回得泰三陽。

登楊花渡蠶頭，口占贈同遊諸人【戊子】

陡立蠶頭渡口屹，登臨忽覺四山低。
棠村樹老麻湖北，栗島洲分竹里西。
波鳴坐下身疑泛，野迥天邊眼欲迷。
江岸漸看春色好，與君日日可相携。

又。登臥牛山

蠶頭初騁目，牛頂更移笻。
雪照千村杏，濤驅萬壑松。
太倉玆乃鎭，西郭定爲宗。
可道非佳賞，眞能慰旅蹤。

與希敏、景執巡城，聯句作索對體

漢軸王居壯【敬】，秦京佳氣多。

松間城郭出【執】，雲裏闕門峨。

坊曲如棋局【敬】，樓臺掩妓歌。

風花方歷亂【敬】，雲日轉清和。

柳外分旗市【執】，林中間草窩。

拱趨環遠岫【敬】，隱映挹遙波。

廟社光輝在【執】，黌庠道義劘。

慶樓巋石柱【敬】，訓院儼霜戈。

地利神僧語【執】，堞形瑞雪過。

東南關廟屹【敬】，西北佛宮羅。

白嶽春遊晚【執】，青門午憩俄。

逶迤隨睥睨【敬】，眺望領山河。

坐石人三影【執】，投林鳥衆柯。

怪巖時象虎【敬】，遊鼓或鳴鼉。

沽酒仍成醉【執】，裁詩更自哦。

攀援初絕壁【敬】，宛轉遂平阿。

街路通煙樹【敏】，山墻帶雨蘿。

欲歸還有惜【執】，談景定無他。

小魯吾非敢【敬】，望洋爾謂何？

唱酬成一軸【執】，未暇自彫磨【敬】。

贈歌者

急管繁絃間玉壺，美人多意弄吳歈。
聲聲暗引鄉愁至，且莫筵前唱《鷓鴣》。

次景執有贈，疊償二首

1.

因人借斗屋，多病臥江湖。
只學居顏巷，常羞哭阮途。
此時誰貴拙？吾友獨憐儒。
春日堪同賞，風光似畫圖。

2.

交契三年厚，邇來相忘湖。
澄波白石岸，暮雨細橋途。
詩酒空携手，平生誤冠儒。
頭顱天已定，人力可能圖？

三月二十一日，上幸獻陵，渡廣津。余與諸儒祗迎于江頭，口占

羽旄遙指獻陵途，舉喜吾王疾病無。

翼夾龍舟千舸竝，閃騰虎仗萬軍俱。
日開黃道天香動，風靜蒼波海若趨。
草野微誠嗟莫效，自慙迎送伴諸儒。

贈白鷗

悠悠吾自得，泛泛子能存。
每趁江天霽，相隨玉羽翻。
機心元共忘，閒趣在無言。
沙渚日遊戲，磯盟亦不煩。

別濯纓亭

借宅於茲已四年，今朝欲別意凄然。
島沙花鳥皆顏熟，水石煙雲盡夢牽。
波咽響廻尋鷺渚，柳顰眉拂釣魚船。
殷勤自笑平生志，黮遂湖山未了緣。

又。別白鷗

信美非吾湖上欄，朝來留別白鷗灘。

初若相欣還背立，也應誚我舊盟寒。

寓居義洞村舍，題壁四首

1.

駱峯之下蝸居爰，城裏依然野趣存。
矮屋小窓疑釣艇，疏籬瘦井宛山村。
林嶽尋常多氣色，市朝咫尺絕啾喧。
千秋狄子停車思，汾水白雲斷我魂。

2.

壁頹茅捲陋無儔，七尺纔容似小舟。
出門每恨簷遮眼，入室恒驚屋打頭。
平生不羨差高大，今日還嫌太隘湫。
欲望南山多掩蔽，悠然未見使人愁。

3.

乖違盧²屋閉，去就屈居迷。
無那昧生理，且須忍寄棲。
讀書幽好蹟，覓句靜宜題，
但看身心裕，休敎志氣低。

2 盧：“廬”의 통용자로 쓰임.

4.

虛舟遊此世，飄泊任風波。
籬壞多山映，林深少客過。
吾心不得已，俗態無如何，
慙愧平生學，猶能曳履歌。

槽溪

槽溪瀑布近畿稀，一見使人却忘歸。
晝夜長驚霆霹鬪，春秋無霧雪霜飛。
語訛對面須傾耳，步滑緣巖欲卸衣。
最愛千年壁立象，不隨漂沫減巍巍。

同遊有騎者，故戲贈

隨人我覓句，走馬子看山。
二者無優劣，俱偸半日閑。

代人作樂城君挽

謹醇全素賦，崇憲享高官。

未逮上堂養，奄悲餘閣寒。

人間下壽促，身後二方難。

啼送林烏處，不禁我涕汍。

又。代他人作七五二律

1.

翩翩濁世想佳風，崇憲其官卑牧衷。

養志誠深甘旨具，敦宗誼著戚休同。

六旬天靳回星數，二妙人期肯構功。

日暮林烏啼啞啞，高堂鶴髮慟難窮。

2.

眷眷敦親誼，平生仰厚仁。

喪威銘昔感，修謹見天眞。

花樹頻成會，春園想序倫。

存亡今古地，使我淚盈巾。

遣懷

村深人迹斷，歲暮客愁繁。

寂寂臥門雪，紛紛之郭墦。

從他兒索飯，可使婦無褌。

潦倒今時事，依歸古聖言。

代人作同知金鳳瑞挽。三絕

1.

持容謹厚秉心端，七帙壽兼二品官。

最是可憐羸、博淚，晚年無復膝前歡。

2.

王事駪駪問幾遭，風霜異域不辭勞。

傷心此日《薤歌》動，舊路西郊雪正饕。

3.

菊楓曾愛我家秋，與客携壺作勝遊。

轉眄却成千古迹，滿山風物若爲愁。

作春祝四絕，付之四窓

1.

蘆簾紙閣駱峯隈，春意初生雪裏梅。

清朝試揭東窓看，青帝佳氣滿眼來。

2.

過盡凝陰淑氣新，否傾泰喜理相因。
寸草春暉遊子意，彩衣丹桂悅吾親。

3.

犀角眼中吾子眞，聰明勤學日新新。
更看隣人爭獻賀，熊羆夢驗抱麒麟。

4.

女學母粧子效吾，牀前兩小掌中珠。
自笑迎春禱爾輩，丈夫心事太區區。

**有人賦立春詩，以辰、寅、辛、申爲韻，仍以六甲中字爲對，成
五言律；又以八卦加每句頭，成七言律。余聞之，於六甲體，句
添一甲，於八卦體，句添一卦，非欲誇奇取勝，只出於翰墨間遊
戲云爾**

1.

倏焉過戊子，丁此土牛辰。
節氣巳仍戌，貞元丑後寅。
未看群柝甲，已喜細傳辛。
寬詔憂庚癸，惟祈乙覽申。【春節乃巳日戌時，故第三云。】

2.

坤極陽生漸變陰，震于出帝是時臨。
艮敦其背仁風渙，兌塞以機泰運深。
坎坎鼓騰豐稔祝，離離物帶賁新心。
乾元大德吾王履，巽起薰和隨舜琴。

除夜，用老杜五律中《杜位宅守歲》韻，賦七律

除夕孤燈倍憶家，巡簷强笑共梅花。
睽離海遠酸征雁，歸哺林深急暮鴉。
已判明朝星曆換，還驚此夜斗杓斜。
窮陰理必回陽泰，吟罷新詩意靡涯。

春日遊北營，登夢踏亭，次人韻【己丑】

暇日聊登夢踏亭，百年幽抱倚風櫺。
名傳緩帶留閑幕，字宛挂弓立翠屏。
中壘鼓旗多氣象，上林花柳自丹青。
最憐瀏瀏循除響，使我忘歸側耳聽。

三清洞【三清謂風清、石清、水清云，在白蓮峯下。】

洞闢三清別界天，迎風坐石又臨泉。

危懸水檻空濛裏，平挹山倉縹緲邊。

晴樹映紅開晚藥，暮嵐凝紫帶新煙。

微吟更待白蓮月，聯袂歸來興自翩。

清風溪 金仙源家池閣，次壁上韻。二首

1.

昔日仙源宅，今來感物華。

深深泉石好，落落檜松多。

入洞無塵想，凭軒自浩歌。

清風吹不盡，林際莫[3]昏鴉。

右，次李白沙韻。

2.

太古亭前水，清風閣下通。

幽深見天巧，粧點費人工。

不意城塵裏，忽如峽霧中。

丁寧留後約，秋色滿山楓。

---

3 莫："暮"의 고자(古字)로 쓰임.

右，次柳西坰韻。

弼雲臺

三角山前六角堆，白雲峯下弼雲臺。
眼中街市眞棋局，身外風光屬酒杯。
花鳥欣欣皆造化，笙歌處處自淸哀。
微吟緩節歸來興，天際輕陰薄暮開。

題畫葡萄飛蜂扇

高掌幕成交馬乳，細腰衙退掠龍鬚。
庭心不必竹枝架，便面長看草帳珠。

積雨初霽，爲看瀑布，出惠化門，行至貞陵遇雨，入奉國寺，得三絕

1.
携筇東郭出，終日水聲中。
忽然山雨急，送我入琳宮。

2.

雨過雲吐月，山靜樹橫煙。

寂寂群囂息，惟聞百丈泉。

3.

今朝東嶽色，明日槽溪聲。

九天銀瀑景，先向意中淸。

**至孫家莊，見石上有南藥泉詩云："孫家父子號英雄，割據三分
霸業隆。爲庶於今何足恨？一區泉石勝江東。"余讀而愛之，旣
而問之，則今已爲他人物矣。余不覺感歎，以爲"孫家前後，何
其初善擇地，而卒皆不克保也？今之一區亦猶昔之江東，余未
見其勝也"，因步其韻以和。噫！九原可作，藥泉相公殆必笑而
然之，許刻于下也**

奔流霸業兩豪雄，今古孫家占得隆。

此日未須論勝負，一區堪歎似江東。

又。疊前韻，志水石之壯

狂奔怒蹴一何雄？水勢相爭石勢隆。

偶坐小亭多怪事，晴天雷雨亂西東。

槽溪瀑布

飛流直下孰詑之？未若層層造化奇。
獨立<u>槽溪</u>第九曲，<u>廬山</u>休幸謫仙詩。

錦城尉水閣

巖懸恩[4]地練，檻灑自然珠。
箇裏難言趣，<u>錦城</u>樂也無？

山行，贈同遊

偶然乘興出東闡，石逕白雲晚景新。
楓葉滿山流水急，與君疑是畫中身。

到<u>樊里</u>，登<u>見一樓</u>，有感【樓名蓋取<u>唐</u>詩"相逢盡道休官去，林下何曾見
一人"之語，自誇其獨能，而實不見故云。】

誰家郊樹剩繁華，特地風光占得多。

---

4 恩：의미상 "忽"의 오류로 판단됨.

林下一人今不見，樓名見一意維何？

水落山河懸峴，贈同行

芒鞋野服正聯翩，黃菊丹楓畫裏仙。
石出雲中知水落，口開巖際辨河懸。
緣溪北渡還東渡，攀磴君先或我先。
滿眼秋光隨處富，不妨行色自蕭然。

水落東有金流洞、玉流洞，蓋取水色之似也

水落山中入，金流復玉流。
豈無他瀑布，有此兩奇不？

秋山閑行

亂山浮雲蒼白，巖楓野菊紅黃。
却疑跨驢過灞，不羨騎鶴上揚。

觀川獵

織薄承梁石打波，群兒爭趁衆魚過。

須臾潑潑盈筥裏，笑道今番得最多。

遊道峯山，以道峯秋景勝金剛，分韻作七首

1.

美哉道峯山，玆維國之寶。

巉巖邁秦崤，秀拔鎭周鎬。

飛泉灑仙洞，白雲蔭靈草。

我欲棲此中，讀書以求道。

2.

屹臨三角岫，拔出萬丈峯。

峭如烈士氣，儼若高人容。

森羅衆冠佩，戌[5]削千芙蓉。

瞻言使人敬，仰止起余慵。

3.

峯巒蘊秀異，景物多清幽。
勝賞宜四時，奇觀最一秋。
娛意雲煙動，纈眼錦繡浮。
獨立萬木中，忘却世間愁。

4.

隨處秋光好，茲山獨勝境。
一夜落清霜，千林舞新影。
淺黃粧飾妙，深紅點綴炳。
不有化翁巧，焉得此光景？

5.

躡險穿雲樹，尋幽步石逕。
奇巖畫屏列，霜葉繡帳亘。
落來百丈泉，添得十分勝。
招提若箇邊？輕風送清磬。

6.

銀瀑層層奇，玉洞曲曲深。
隔水松奏簧，迎風菊吐金。
數畝俎豆所，一庭檜柏森。
千秋趙先生，景仰吾儒林。

7.

世稱金剛山，奇賞冠東方。

道峯秋色多，反復勝金剛。

眼中無限趣，難以言語詳。

平生山水癖，欲歸還自忘。

下道峯，贈人

靑門一出白雲深，黃菊丹楓娛客心。

多少今秋未了債，春花爛熳擬重尋。

歸路口占

淸秋萬里客愁宜，五日窮探景物奇。

滿袖携歸山水色，此行猶足詑妻兒。

詠梅花

巡簷索笑傍杈枒，怪底生香漏古樝。

燈下影分疏藥瘦，雪中寒襲一枝斜。

高情肯逐梨花夢？奇韻眞看蕚綠華。

牛樹黃昏無限趣，微吟恨未共林家。

其二

春先天下擅佳名，玉骨氷魂雪作精。
繞樹綠衣歌月影，敲門縞袂醉參橫。
枉教絕艷稱尤物，誰信幽香吐冷英？
清賞與君殊未已，更看他日解調羹。

又。次朱子和東坡韻

天下女白苧蘿村，氷姿雪態今返魂。
趙郎奇遇參橫夜，林老清興月黃昏。
艷香初從大庾嶺，淡粧時入羅浮園。
紅紫下風作輿臺，第一消息回春溫。
也能騰光奪夜色，可耐含嬌射朝暾？
東坡老子興不淺，酒熟詩清欣叩門。
可憐歌舞青鳥使，多情短夢寄空言。
惟有紫陽吾所仰，一哦遺詩一倒樽。

元朝書懷【庚寅】

三十行年底事成？纔逢新歲便心驚。

常時每茹離違歎，此日偏多喜懼情。
天地恩忘靡孝養，純深訓愧廢工程。
猗歟而立吾夫子，恐負平生願學誠。

上元，兒輩放紙鳶，謂之送厄。戲題其背

放爾千山萬水過，乘風一去入無何。
多少今年諸厄會，慇懃爲我盡消磨。

上元夜，與隣人踏橋翫月，有作

上元佳節最，明月一天同。
燈想中朝俗，橋憐我國風。
徘徊隨巷曲，歸詠共冠童。
可喜老農語，“今年定普豐”。

送別李義興【鎭翼】之官

南雲一去佇鳴琴，嶺外風淳愜素襟。
海闊九重分竹眘，春生百里愛民心。
也知不久雙鳧返，且惜臨岐五馬駸。

芳月相思如有夢，可能仍便數凭音？

戲吟稚子

惡臥踏衾裂，恒飢索飯啼。
時看晴江浴，一何杜稚齊？

夏日雨後，濯足山流，偶吟

前山昨夜雨初過，谷谷流聲入耳多。
行潦尚能清濯熱，活源來處更如何？

戲贈釣者

人皆謂釣閑，我獨謂非閑。
君看心與目，不得暫時閑。

共人賦四喜詩。二首

1.

竇家急債券初了，破屋長霖天忽晴，

駭浪飄舟依岸泊，深山失路遇人行。

2.

讀書斗覺微辭透，覓句忽驚好料生，

良醫對症沈痾去，和煦破寒品物亨。

參司馬榜述懷【癸巳】

聞道名登司馬榜，上堂以喜下堂悲。

如何造物偏猜我，不許當年具慶時？

又。成七律

試圍纔罷報來忙，二百人中第幾郎。

隸始傳言稱"進士"，奴猶習口喚"書房"。

小成晚矣人何賀？舊事依然我自傷。

最是純深承訓處，欣瞻喜氣溢高堂。

入侍集慶堂

蓮榜傳呼罷，楓宸引召催。
承宣磨寶墨，中使奉銀杯。
滿袖天香襲，移時玉語陪。
叨榮今日事，慙愧小臣才。

自嘲

白牌紅袱號新恩，鈴帶襴衫似貴尊。
堪笑繁華三日後，寥寥依舊閉蓬門。

次李僉知【謇】留別韻【三絕】

1.
題塔歸來詠暮春，新詩相贈荷津津。
纔歡萍水旋成別，承誨初心恨未伸。

2.
高堂八耋少同庚，獨喜我公托晚情。
小子區區稱壽意，添籌海屋酌深觥。

3.

丁卯科聲誦折蓮，文章當世被人憐。

齋郎壽秩皆恩數，休歎雲衢未着鞭。

峽行口占

東峽深深信倦驂，沙如白雪水如藍。

山譙鍊武僧千百，野彴乘閑客兩三。

舊識龍門重見喜，新題雁塔此行慙。

主人解使幽愁失，邀向花間飲到酣。

觀石盆魚

小魚忘石盆，細浪吹相漾。

脩然樂意關，何必在濠上？

寄少年。二絕

1.

屈指槐黃百日纔，端宜磨礪試奇才。

長夏儻無勤課業，欲將何面入城來？

2.

皇天不我繫青春，勤苦應須及此辰。

方當努力上山頂，豈更有心管別人？

贈寧越妓越艷。五七二絕

1.

越女顏如花，自言名越艷。

春風一曲歌，千里暮雲斂。

2.

多爾寧親此遠行，偶然邂逅洛陽城。

纖喉唱出《懊儂曲》，何處空留無限情？

題畫扇

蒼松白石畫圖開，茅屋蕭疏絕世埃。

紅葉滿山巖有瀑，坐看盡日噴晴雷。

夏日雨後，與頓中諸友往碧松亭邊，觀清流，口占，示同行

璧沼源來活，清流雨後新。

農山如奉對，沂水杳疑眞。

幸彼二三子，愧余五六人。

殷勤培養意，何以答重宸？

詠食堂。二首

1.

先向槐庭揖，青衿濟濟偕。

入門吏僕導，登席饌羞排。

交對東西位，却分上下齋。

清朝養士禮，報答莫相乖。

2.

鼓聲以聚士，朝暮趁炊煙。

列對分生進，整齊序齒年。

簿經留押細，布潔代盤連。

舊禮今皆蕩，隨行只自憐。

泮齋初伏，次人韻

庚炎未解小龍團，分外豪家氷雪盤。
養士均頒狗炒細，令人却憶酒杯寬。
兒童故厭扇揮暑，槐杏時看風送寒。
到底酸儒多潦倒，任教行路一層難。

商婦

愁風愁水復愁春，倚戶雙蛾不語顰。
前洲多少隣船到，盡是與郎竝發人。

在泮有人以"煙草歌"命題，賦百韻，押煙，以速爲善。余亦走筆

有草生于庭，肇種自何年？
脩廣葉擅獨，酷辢味稟專。
鬱鬱栽得好，蔥蔥碧可憐。
借問何所用？取之吸其煙。
吸煙亦何爲？治痰功最全。
不但形體奇，其用有大焉。

我聞古老言，自昔相流傳，

“靈種自南來，遂至遍八埏”。
《風》謠何曾載？《爾雅》所不編。
騷人世不乏，而無登筆牋。
始知造化翁，巧運萬物權，
故敎生晚後，一出壓首先。

誰號“痰破塊”？蓋亦强名旃。
“煙茶”語頗奇，“南靈”稱不愆。
或云“淡婆姑，初得海島邊，
稍稍中國移，駸駸左海延”。
靈草亦何故，與彼有奇緣？
一見人皆愛，誰能輒棄捐？

家家競儲種，種之幾畝田。
地脈初融解，陽坡二月天，
理畦播密均，搥土勢平堅。
始出看不見，漸長簇相綿。
芽莖劣容指，柝拔乍用拳。
溝塍已整頓，多少取次遷，
分窠不欲近，孤培勿使駢。
井井儼成行，厥數有萬千。
移當雨細細，灌用川涓涓。
健僕忙奔走，群兒競喧闐。
新土着舊根，漸看顏色鮮。

野夫松蘺邊，幽人草堂前，
闊遠連瓜麥，瀟灑傍林泉。
看護豈容懶？鋤治不厭遄。
勤課朝又暮，無使雜草芊。
有枝氣分莖，所以除其連；
太長味去葉，所以折其顛。
培根復糞壅，續續周不偏。
業同隨春鳸，功迄聽秋蟬。

一莖五六葉，箇箇覆陌阡，
長如碧芭蕉，大似清池蓮。
晴景多氣色，綠陰弄清妍。
夏日資酷烈，秋風老團圓。
摘來蒼玉蒂，編成綠帳懸，
聊待十分乾，便將利刀剸。

用此代茶飲，其術異烹煎。
奇思氣但吸，新法火以燃。
問君何由吸？巧匠有陶甄。
雙金兩端通，中竹一道穿。
燃處曲如鉤，吸地圓象乾。
小團纏接火，清煙已透咽。
銅額能作霧，有似蚩尤然。
徐吸霞蔚興，細噴篆繞纏。

箇中無限趣，難以言語宣。

我思破痰術，欲與長周旋。
潤胃滯俱袪，濕喉氣欲騫[6]。
自有清風來，無難沈痾痊。
縱是一年草，應自三山巔。
去穢眞似薑，播香不論莖。
紫氣同牛關，奇味洗羊羶。
寔邁萱草忘，奚翅合歡蠲？
談鋒若助湧，詩思賴入玄。
雖在煙火界，何愧地上仙？

世故日繁端，往往多迍邅，
老翁曉無伴，遠客夜失眠。
征夫見霜鴻，逐臣墜蠻蜒；
怨婦悲寒月，愁人聽杜鵑。
無聊或不平，間以憂思悁，
一一難排遣，種種亦孔痯。
目厭供羞珍，耳掩奏管絃，
隨其所遇異，愁絕劇彫鐫。

斯草一至前，萬累都洗湔，

---

6 騫："褰"의 통용자로 쓰임.

清心默養生，滌葷頓悟禪。
辨泉勞陸羽，餐霞笑偓佺。
幽憂復何有？但覺逸興翩。

東南瘴癘地，極目阽飛鳶。
所恃此物在，點煙相溯沿。
能散昏濁氣，廓清似澄淵，
絕勝載薏苡，何用鍊汞鉛？
療齒與通膈，俱足學喬、籛。

是以四海內，無人不流涎。
上自貴公卿，下而暨執鞭，
遂成嗜同口，莫不交如攣。
乃至婦若孺，無分越與燕。
遍及襏襫野，不離綺羅筵。

由是作物貨，遠近羅成廛。
爭先陸載馬，相望水運船。
只欲競錐刀，無論隔山川。
色味誇紫粹，銖兩執衡銓。
賤儲市井牣，貴售閭巷填。
高着處處價，賺得人人錢。
摠爲爭奪媒，都是利欲牽。

我東三百州，土宜殊分躔，
湖南與關西，其味較最賢。
鎮安稱第一，三登名相聯。
其餘縱有云，碌碌難與肩，
優劣謾比方，效害孰究研？

種有代農桑，嗜或却橐饘，
雖云趣足言，亦有弊可詮。
實維多損害，奚特欠誠虔？
我欲歷數之，難旣筆如椽。
偶因翰墨戲，聊成一長篇。

泮水之東北，有所謂宋洞者，幽閴秀異，蒼巖削立，刻"曾、朱壁立"四大字。泮人鄭祚胤築室其下，又作書堂，以教授學徒，聞之者爭往遊賞。余亦暇日乘興往訪，見同齋諸丈已於昨日留詩軸，遂索筆次之

無事黌齋日似年，偶尋幽墅白雲巔。
人閑紫陌繁華外，堂築蒼巖壁立前。
澗水耳清深僻地，桃花眼醉艷陽天。
若爲移得家相近，乘興時來共酒筵。

趙上舍【彥翼】將遊楓嶽，索詩於人。余亦副急

一萬二千峯，峯峯各不同。
君歸爲我說，何處最奇雄。

立春日試筆【甲午】

禱久東皇有底靈，只應老却我聰明。
朝來更把題詩筆，爲是新春試楚聲。

既題前詩，猶有所不能自已者，更作祝辭一首

生意藹庭草，愛茲春日長。
若爲留不遣，恒照壽親觴。

觀燈，次人韻

洛陽四八最辰良，燈競工奇竹競長。
列宿忽驚平地亂，群螢旋訝未秋忙。
稚川噴飯誇神術，合浦還珠照夜光。
微月和風無限景，爭如中國上元張？

次李僉知【謇】送示韻

瓠落之瓢廣莫樗，不諧於世乃全初。
經綸失素時而已，詩律排愁意自如。
無柰獨吟《春》、《雪曲》，只應留待子雲書。
清秋萬里奚囊富，可復寄來漢水漁？

舟行向通津，次李上舍【寅翊】韻

水闊偏宜月，舟輕易得風。
重峯如欲守，回浦巧相通。
村火深深見，櫂歌處處同。
林烏棲未定，飛出暝煙中。

至通，又次李上舍韻

野外多幽賞，歸時每夕陽。
籬英黃入詠，村釀白宜嘗。
款款催爲黍，紛紛笑厭粱。
扁舟秋水上，可復共翶翔？

代人作黃注書【錫範】挽。二首【乙未】

1.

似夢還疑迹已陳，欲言平日淚盈巾。

魁梧眉秀江山色，忠厚心全性德眞。

容易妙年曾擢第，無如造物自猜人。

傷神最是西郊路，啼送林烏不忍春。

2.

阿谷東西閈，交情卅載深。

篠驂憐共戲，樽酒憶同吟。

未展靑雲步，空懷《白雪》音。

斯人而不壽，天理杳難尋。

奉和許上舍【縈】韻

丈人多道氣，雅志厭塵喧。

社老千年樹，江浮五石樽。

經綸違大用，修養寓微言。

他日《參同契》，儻蒙指妙門？

次韓上舍晚悔堂韻【韓名德敏，居廣州。】

吾愛公能慎，如何有悔尤？
人工無可奈，天數豈其由？
經勝金籝富，寶成畏壘秋。
廣陵山水地，清福晚多收。

代人作送書狀赴燕

神州此何世？ 王事獨勞賢。
歷歷詩三百，悠悠路四千。
使行書狀重，威望我公專。
燕、薊悲歌地，送人淚似泉。

伏次家君賦雪韻，仍不使《聚星堂》禁語

輕凝密灑地天連，剪巧播均孰使然？
物變色形風作幻，時當昏黑月無邊。
《陽春曲》竝憐歌郢，嚇笑臘前聽說田。
最是此中難畫處，山禽飛拖一村煙。

再疊

同雲滕六暗相連，乘氣資凊所以然。

尋路足疑風蹴處，看山眼繚日斜邊。

堯封已失東西界，禹貢難分下上田。

可是灞橋詩思在，陶家休詫小茶煙。

客湖中，贈主人。二首

1.

歲暮荒村山鳥稀，主人留客且徐歸。

煖酒挑燈多舊感，不知窓外雪花飛。

2.

寒夜三更靜，青山四面低。

論詩傾海內，把酒憶城西。

淡契琴彈水，清神月印溪。

明朝離發後，愁聽店村鷄。

登弼雲臺【丙申】

春意長安頓覺奢，弼雲臺上領繁華。

風微倦舞千街柳，氣暖爭妍萬種花。

自是吾身高在此，非關眼力直窮遐。
西城日暮輕陰好，且向譙樓望天涯。

次詠雪韻【辛丑】

隨形象物勢參差，上帝前宵命巧垂。
天地忽驚元氣泄，山川眞看五丁移。
一張活畫披蓑處，千古高才詠絮時。
清景解教幽興動，寒飆不怕向人吹。

又。次絕句

雪下茅簷倍覺閑，忽疑此地非人間。
袁安獨臥無塵事，遙念瓊樓玉宇寒。

次《短刀》韻

貧士無長物，平生有短刀。
宵精明隙月，秋色潋虛濤。
心想良工苦，名幷俠客高。
他時如遇用，猶足斷鯨鼇。

次人韻

疏慵轉覺與時乖，且免勞心費布排。
靜夜風聲高樹自，中天月影萬川皆。
神遊絳帳三千袂，夢謝朱樓十二釵。
賴得幽居南北近，吟詩把酒爾吾偕。

又。五七絕

1.
趣見閑中詠，愁排酒後歌。
人生貴自適，何必羨高牙？

2.
故人詩與歲同新，滌我胸中食斗塵。
共醉芳樽知不遠，花車林閣艷陽辰。

稚子學《史略》初卷，偶書其書籤

伏羲、炎帝、軒轅興，堯舜、禹湯、文武承。
周公、孔子傳由是，初學須從卷裏憑。

送柳慈仁【雲羽】之官

慈仁其性茋慈仁，是邑端宜授是人。
仁主恩深慈母老，知君不負理南民。

敬次伯氏韻

分外人間竹帛名，尋常依仰獨吾兄。
寒潭晴看留雲影，老木春深送雨聲。
共歎容顏潛換改，相憐生計極貧清。
年來漸失團圓約，一塈菟裘底處營？

其二

風動荊枝悲舊根，斑衣曾是戲遊村。
滄江袞袞長流恨，天地茫茫莫報恩。
已矣吾生全一樂，依然春色復千門。
窮廬寂寞餘雙影，忍向盤中對粥飧？

送趙綾州【思忠】赴任

守綾君有命，製錦子多才。
也化湖南俗，應思漢北杯。

驛亭春日晚，官樹霽雲開。
珍重分憂意，莫忘五馬催。

呼兒輩韻，仍口占次之

鳥語逢林悅，山光得雨佳。
壇疏誰愛杏？市遠只留槐。
綠水惟空谷，蒼苔自小階。
飄零回白首，京洛似天涯。

訪尹玉汝【喆中】

谷鳥嚶嚶喚午眠，倦驅羸馬亂山邊。
興猶未盡逢君語，勝似剡溪雪夜船。

訪友不遇

有村雲水裏，一犬吠柴門。
童言"主人出，歸應近黃昏"。

次贈沈從叔【壽錫】

晝永招棋友，秋深問酒家。
笑彼紅塵裏，營營百慮加。

訪沈從叔，適值其第二孫之初度，書贈賀語三絕，仍用前韻

1.

喜極門弧日，慶餘喬木家。
他時成立後，賀語也應加。

2.

抱來眉目秀，兒也稱其家。
今朝見初度，他日賀三加。

3.

漸覺孫成列，眞看子克家。
含飴暮境樂，清福復何加？

又。以前韻和贈

晴空橫紫閣，秋色萬人家。

對此傾樽酒，清閑日漸加。

挽李參奉【源誠】

雅儀高想迥超塵，流水光陰卅八春。
進士壯元才未展，弘陵參奉迹成陳。
天如有意生斯世，地獨何心葬好人？
餘慶祇應他日在，君家養得二麒麟。

立春【壬寅】

盤登細菜燕依人，此是東皇按節辰。
誰言"極否難回泰"？忽破窮陰復睹春。
遲遲日轉茅簷暖，藹藹風來草木新。
往聽吾王寬大詔，自疑偏荷上天仁。

與李上舍【鳳和】**父子遊西園**

今朝小雨歇，春日艷陽繁。
細路人三影，微風酒一樽。
差能慰病懶，剩得絕塵喧。

山鳥飛飛近，忘機亦忘言。

訪朴文哉【奎明】，書贈

君家竹栗里，易識復難忘。
倚杖松嵐翠，開門海色蒼。
村含太古意，花送自然香。
便欲營隣築，誰能憶洛陽？

又。贈七律

柴門松逕淨無塵，君是湖山好主人。
細雨燈花神氣適，深杯野席笑談親。
盤堆錯落頳虯卵，飯煮鮮新玉尺鱗。
歲暮寒風增客恨，可堪後會指明春？

贈晚翠齋趙汝珍【完相】

世敦戚誼見情親，晚翠堂中篤志人。
空谷煙霞凝檜桂，寒天氣象鬱松筠。
十年靑眼今宵會，萬事白頭逐日新。

蘭玉滿庭眞可賀，況聞芋栗未全貧？

贈金大來【廷泰】

信宿竹巖下，寒天十月時。
農談聽亹亹，村俗見熙熙。
有客頻携酒，無人不愛詩。
難期斯世事，安得數追隨？

立春【癸卯】

元子東方喜可知，否傾泰復正斯時。
我亦陶甄中一物，儻乘休運占風期？

行行重行行。二首

1.
行行重行行，日暮始投宿。
休息無多時，鷄鳴又裹足。

2.

行行重行行，所營緣底事？

相逢試問之，但道一忙字。

徒步

長路無時已，斜暉不肯遲。

村稀那免惻，木落更生悲。

閑泳鳧鷗渚，喧投鳥雀枝。

素心今尙在，其奈鬢毛衰？

途中偶吟

乍風還雨雨還雪，忽爾雲陰倏爾陽。

天道至公猶若此，人心反覆豈能常？

開花山下有花落洞

開花、花落孰名茲？倏落忽開理可疑。

世人强欲分開落，不識開時是落時。

歲暮

家家歲饋走官書，錦雉靑蚨又海魚。
老夫坐待開倉賑，惟有君恩到破廬。

答人

鮮衣怒馬暗紅塵，酒肉朱門雪裏春。
傍人莫怪袁安臥，非病非憂只是貧。

贈朴注書永叟【命變】

有宅終南下，伊人我所懷。
市塵緣僻遠，山氣得晴佳。
百行孝爲本，千言俗不諧。
明時方釋褐，窮達未應乖。

代人贈其同宗

吾宗老上舍，心與古人通。
朴訥嶠南語，清高世外風。

有時尋酒肆，隨意檢詩筒。
此會知難得，且謀醉菊叢。

慶州烈士孫宗老，以前藍浦縣監，丙子亂奮身勤王，死節于雙嶺之下，已蒙褒贈之典。當宁癸卯，其後孫上舍鼎九上言于朝，又獲棹楔之榮，人多贈以詩。余亦和之，以寓詠歎歆艷之意云爾

非死之難處死難，輕於毛或重於山。
彝綱肯逐地維絶？烈士多丁天步艱。
不妨骨寒雙嶺下，至今名動五雲間。
他時誰撰忠臣傳，長使人人涕自酸？

慶州李義士彭壽，當壬辰倭變，以義兵將殉節。當宁癸卯，其後孫上舍述賢上言于朝，贈職旌閭。上舍之始來也，知其事者，多有作詩以美之者。余亦不勝欽歎，步其軸中韻以贈

烈士成仁死，忠臣不命承。
忍言時板蕩？深痛虜憑陵。
丹想初心壯，碧留舊血凝。
聖朝無闕典，行見贈褒增。

途中卽事

十里湖邊蘆荻花，樵歌起處又漁歌。
聲正和時風引斷，半江綠皺白鷗波。

送別順安金上舍長卿【致大】。二絕

1.

關西司馬字長卿，名不相如坐可驚。
莫嘆犢鼻多窮厄，筆下應留擲地聲。

2.

鳴蟬五月洛陽城，千里雲山極目平。
匹馬蕭蕭從此去，西風無限送君情

東宮册禮正使金領樞【尚哲】[7]家錫宴┗　御製一律以賜　不世之事也。其與宴者皆廣進。草野賤臣雖不待………聽仙樂，區區微忱，不勝歆艷，乃敢擬作一首【甲辰】

---

7 金領樞【尚哲】：저본에는 검은 먹으로 이 다섯 글자가 지워져 있음. 원저본을 통해 판독이 가능함.

慶溢春宮任舊臣，溫綸初下聳朝紳。
禮儀固仰追三代，榮寵非徒在一身。
得及君餘私宴日，共聽仙樂太平辰。
洪恩更被回雲漢，試問古今有幾人？

立春

舊歲無餘日，今朝是立春。
青絲誰送細？白髮不禁新。
妙釀謀三亥，香芽試五辛。
暖陽回蔀屋，惟有上天仁。

又。作春帖

家家帖子迓新休，我欲效顰却自羞。
科宦在天安用禱？謹修由己本無求。
狀書永日兒能課，斗酒春風婦可謀。
且喜吾生逢聖代，看花林閣擬清遊。

又。作一絕

分知萬事彼蒼由，富貴浮雲不可求。
最是康寧攸好德，人間美福驗《箕疇》。

元曉【乙巳】

俄頃已新歲，笑談失去年。
不勝惆悵意，誰任主張權？
似送情人別，如觀逝水遄。
古今同一理，何必獨凄然？

又

元非爲守歲，也自不成眠。
默數塒鷄唱，還憐磨蟻旋。
衰頹悲老境，戲笑憶童年。
且喜昇平世，優游可樂天。

又。戲作一絕

昔年期望摠歸虛，五九光陰石火如。
若使壽延九十歲，半雖已往半猶餘。

李上舍【秀發】自號芝翁，昨秋自汴齋歸溫陽，寄詩於汴中同遊者，要各和答，以爲他日替面之資。諸益皆和送，余亦同參

滔滔皆是蠟鞭塗，淡素如公末路無。
大瓠堪悲違世用，虛舟元不被人呼。
清秋響斷歸鴻遠，半夜神傳片月孤。
極目南雲增悵望，何時理楫白蘋湖？

與客遊宋洞，呼韻各賦

偸閑入宋洞，尋巡逐橫斜。
屈曲淸心水，淺深繽眼花。
近闃盤作峽，依广巧爲家。
不使紅塵到，靑山一半遮。

贈申少年【徽，自號霞棲。】

吾愛霞棲客，天才秀不群。
有時戲書畫，隨意占詩文。
巷僻靑看岫，樓高白宿雲。
興來還獨往，樽酒每窮曛。

僧伽寺

步出彰義門，從我二三子。
遙望北漢城，三角儼分峙。
金湯壯國都，信乎山河美。

春風吹我衣，談笑行且止。
窈窕尋繁花，逶迤逐流水。
披襟洗劍亭，慷慨悲歌起。
泉潔復石白，處處多造紙。
偸得半日閑，幽賞殊未已。

谷巖互出沒，崎嶇六七里。
躋危攀松石，畏墜攬葛藟。
陟彼獅子嶺，如入半空裏。
前有萬丈巖，陡起何剡崺？

清磬落雲際，梵宇忽入指。
蟠空亘甍棟，耀日流金紫。
回磴接危棧，促步輒移晷。
攀梯試登樓，不可俯以視。
人工奪天造，無地而有此。
豻石輦車牛，驅民任鞭箠。

層臺幾百尺？屹如列千雉。
上有長壽殿，縹緲極華侈。
丹碧奪人目，如翬更如矢。
四角懸風箏，空中聞宮徵。

開門見佛龕，眩晃迷尺咫。
鏤屋簇金珠，築榻堆錦綺。
雙懸沈香燈，流蘇交垂縗。
上寫皇帝詩，粧刻騁奇技。
玉佛琉璃匣，巧妙誠無比。

遊人競來萃，日日鬧如市。
居僧盡豪健，咆哮如有恃。
我見駭心目，借問“此何以”。
有客向余言，“顧君不知耳。
寺名曰僧伽，小菴舊在是。
前年遇邦慶，中國往有使。

維佛與彼燈，蓋乃承皇旨。
其俗尚浮屠，錫茲祈福祉。
星軺奉以歸，謂是恩所被。
遂焉就斯地，開築乃如彼。
用此八路力，將以垂千祀"。

我聞驚且嘆，注目頻徙倚。
糜財與病民，未有如佛氏，
名山巍相望，終古書諸史。
豈意西方像，遠來東海紀？
人情艷新異，奔波共遐邇，
飛閣聳觀瞻，男女爭拜跪。
碧瓦映雪砌，雲謠復波詭。
蒼生豈不哀？緇徒自相喜。
空傳大國寶，永作小華恥。
雖微爲此役，亦足置之矣。
況有故佛殿，何必事侈靡？

廟謨尙嫕婗，無人警丹阤。
微賤戒出位，耿耿徒爲爾。
沈吟薄暮歸，山月生衣履。

口占，贈晚休亭主人

脫却烏紗帽，弄他白鳥波。
去來惟意適，榮辱在天何？
背郭塵囂少，看山氣色多。
且謀永今夕，樽酒聽漁歌。

詠田家穫稻

農家秋事急，刈穫不違時。
稚子爭先走，廚妻趁午炊。
揮鎌歌俗調，驅犢護新菑。
大有逢今歲，渾忘昔日飢。

除夜

五更眠不着，萬事首空搔。
蛇蟄知無奈，蜂窓只自勞。
追隨非我志，遊戲任兒曹。
稍待春風暖，西湖理小舠。

元曉入泮【丙午】

今日是元日，獨余無所之。
且向芹宮去，盥巾禮聖師。

立春【是歲立春在於正月初五日亥時末。】

亥子之交天氣良，試將新什迓東皇。
寒威尚酷何能久？和煦雖微却漸長。
門柳依依如動色，閣梅的的正馳香。
往聽漢吏敷寬詔，只有癡誠祝阜岡。

途中偶遇同行者，蓋辯舌也。臨分，口占以贈

使我忘長路，緣君善古談。
縱橫衝陣馬，聯絡吐絲蠶。
危磴俄山北，殘村忽水南。
臨岐不忍別，儻復訪茅菴？

桂陽歸路，欲訪友，失路不果，吟一絕

紅葉靑山細路深，雲林處處自迷心。
君家正似桃源裏，憨我漁舟竟未尋。

落木

空山寥亮動秋聲，落木蕭蕭也自鳴。
巧如舞蝶隨風竝，忙似飛花到地爭。
滿長安處吟無本，下洞庭時怨屈平。
歲歲催人成白首，春來依舊葉還生。

客龍仁，吟贈主人

我有賢主人，築室在龍仁。
花砌山嵐繞，書窓野鳥親。
杯盤窮日夕，談笑見天眞。
乘興時相訪，年來定幾巡？

丁未立春在於臘月十七日寅時，偶成三絶

1.

天明日欲出，此際迓東君。

揖金復拜木，隱隱着青裙。

2.

常歎何時見，陽春見有時。

今朝開竹牖，可愛日遲遲。

3.

老夫不問世間事，況復今年大病餘？

傍人莫笑新春祝，一德無私到破廬。

元曉口占【丁未】

鍾動鷄鳴北斗斜，居然四十七年華。

童心未變顏先變，舊學靡加病轉加。

此夜不眠非守歲，今春無事卽看花。

貞元往復尋常理，自古枉悲赴壑蛇。

詩稿　册二

次潤雨堂主人韻

嚶嚶谷鳥喚朋如，鷺水西邊是子居。
老去漸知幽境樂，年來已斷故人書。
微風草與春江遠，落照村兼岸柳疏。
多病養閑仍廢讀，不妨隨處伴樵漁。

又。次七絕

難借今宵片月孤，誰將水墨作新圖？
極目長江漁火亂，良朋三四更携壺。

夜觀漁，又。次五絕

待舟人立岸，穿柳鳥驚棲。
水落江天黑，漁燈盡向西。

又次主人韻

春事居然晚，高樓占得佳。
錯紋分地理，如水迥天街。

舟子風謠別，山禽樂意皆。
青門知不遠，從此暢幽懷。

次贈李亶佴

年來閉戶度殘春，偶爾相逢青眼新。
世上曾無知我者，城中還有似君人。
詩惟遣興吟酬懶，意在不言默視頻。
勝賞江樓仍累日，忘形痛飲始超塵。

次贈主人

水檻濛濛宿白雲，風吹漁笛數聲聞。
幽居不讓華山勝，肯許老夫一半分？

有感，次人韻

潮滿千帆上，潮落千帆退。
有巖獨不然，是以爲吾愛。

又

出郭人無事，臨江樹作門。
從他朝暮市，可是寂寥村。
琴惜絃今絶，棋看局屢翻。
誰能知此意？欲辨已忘言。

又。次李亶佃韻

固是常情侮賤貧，超然獨也爾何人？
靈心炯似照犀水，外物輕如棲草塵。
磈磊謾成詩酒傑，嬉遊時夢葛、羲民。
不須後世子雲識，席上分明自有珍。

又。次贈趙生

洪均賦予未爲貧，今世還看乃爾人。
且可隨時安命分，不妨到處混埃塵。
杯樽浩浩春風社，謠詠熙熙聖世民。
滄海遺珠何足歎？古來難識石中珍。

又。次贈吳進士【慶元】

似病非愁憲也貧，軒車紺素彼何人？
交情貴在存誠信，世事須知幻劫塵。
清詠響凝漁艇笛，深杯夢入醉鄉民。
可憐三刖徒爲爾，燕石緹巾自謂珍。

贈李亶佃

一盞一篇意氣高，長吟猛拍不勝豪。
醉看乾坤無一物，世人輕汝九牛毛。

拈韻，與諸人同賦

林亭多景物，春服共童冠。
山遠兼雲去，江虛帶樹看。
靈心金鏡映，良會玉盤團。
一笑仍相視，悠然倚碧巒。

夜泛鷺湖，呼韻共賦

月夜放船好，清江迥不波。
沙圓涵影遠，樹缺漏光多。
棲鳥有時起，亂山無數過。
詩成壺亦倒，餘興欲如何？

偶詠蝴蝶

蝴蝶紛紛滿荣花，爲誰忙急爲誰誇？
靜觀萬物皆如此，一笑呼兒濁酒賒。

木假山歌

君不見？南曹假山子美賦，堂下築成一簣土。
又不見？晉公假山退之惜，澗側勾來數拳石。
誰家除夕火峯熾？何處至日綵岫崝？
無限千古小兒戲，各自一時閑排置。

後來蘇老差可意，以木爲山文爲記，
岌然三峯能近譬，高致殊與俗人異。
未若吾家木假山，虯枝宛似眞螺鬟。

嶙峋自露天然顏，剜劃肯容人力艱？

憶昔誅茅卜此地，已喜洞天幽且邃。
後麓擘開奔巨靈，左右環抱圍蒼屛。
夜坐忽然驚拍案，奇哉有山聳南岸。
中峯厚重仁者象，傍岫縹緲奇士樣。
蒼茫帶月映清潭，突兀凌空凝碧嵐。
時看巉絕騫鵬噣，更疑拱揖矯人首。
淺深氣色層層連，窈窕巖洞勢隱然。

試問隣翁"山名何"，隣翁大笑謂我"訛。
此是老柏枝葉互，其形嶒崒異他樹。
況且亭亭秀高阜，下有林木擁左右。
蔽空補缺備奇怪，盤據磅礡上漸殺。
四時不改蒼翠容，望之如對崔嵬峯"。

我聞此語大異之，假山勝似眞山奇。
坐待天明更熟視，怳惚猶難分眞僞。
晴時戍削偏出群，幽處依微欲生雲。
城塵咫尺渾已忘，野趣尋常自相向。
不遠不近百步間，高高仰止難可攀。
故知天意巧幻成，供我朝莫寄幽情。

哂他世人刻斲繁，強學山勢對階軒。

嚴岫謾勞機巧加，騈羅爭詑佳致多。

幸我不假彫琢苦，靑山偃蹇長當戶。

移來歲寒後凋姿，宛見千仞壁立儀。

雨驟疑坐懸瀑聲，鳥亂如聽深峽鳴。

眞境實愜幽人操，此意難向俗子道。

更欲描出半幅裏，今世誰是龍眠技？

泮中雜詠。二百二十首

余往來泮中，殆數十年矣。聞故老之言，觀《成典》之書，先
王所以待士之意，蓋甚盛甚盛。然世漸遠而俗漸下，法愈久
而弊愈生，爲士者旣不能以古之爲士者自待，而爲下輩者亦
皆專以欺匿凌慢爲事，爲官長者又以苟且彌縫爲務。甚則
徇下輩之請，挫抑士氣，減削士供，駸駸然月移而歲不同。
馴至于今，則凡百事爲悉歸有名無實，更沒餘地，稍知自好
者皆恥入焉。吁，其可傷也已！近閑居無事，因隨記雜詠，
遂至二百二十首之多。諷詠而反復之，則足見故事之如彼
其盛，而末路之莫可收拾也。聊自附於昔賢感古傷今之意，
以備後人因流溯源之資云爾。

1.
大學由來賢士關，我東文物孰能班？

三百餘年培養厚，遺風猶見事爲間。

2.

天開別界上林東，泮水環橋是學宮。

洋洋日夕多絃誦，農岫沂雩怳此中。【以下詠學宮位置次第。○泮

宮在春塘臺東墻外南向。】

3.

碧松亭下明倫堂，槐杏雙雙儼作行。

黃金大字留華扁，筆法森嚴仰紫陽。【明倫堂後岡，有萬松蒼鬱，

世呼"碧松亭"。其下卽明倫堂，後壁上揭三箇金字，是朱子筆。前簷又揭

朱之蕃墨字，而詩不及之。】

4.

明倫堂下東西齋，廿八房窓互對排。

進士生員居上舍，下齋二十自相偕。【東西上下齋，通爲二十八房。

最下各二間爲下齋，下齋東西各十人。東齋東向，西齋西向，每房後面爲

廣窓，井井相對。】

5.

大成殿在倫堂前，夫子、顏、曾宛後先。

東西從享東西廡，俎豆長存萬億年。【殿內，大聖位主壁，顏、

曾、思、孟四聖位，在大聖位前，東西相對。又殿內東西從享，各依東西

壁，列享十哲及宋朝六賢，分排各八位。東廡五十五位、西廡五十四位，

分享群弟子及歷代儒賢及我國歷代儒賢。】

6.

奉香廳下享官廳，左右成行間小庭。

齋舍不能容衆士，競將鼓篋此居停。【奉香廳，俗呼"香大廳"，爲舍

菜及焚香時奉香之所。廳之東西有房，爲奉香時香官所住之處，在碧松

亭之東、明倫堂之北。廳前東西有享官廳各六間，舍菜時諸執事分住於

此，故曰"享官廳"，常時則生進分占。香大廳南向，享官廳東東向，西西

向，如東西齋。】

7.

尊經閣貯萬牙籤，繚以崇墉鎖謹嚴。

課讀諸生隨意取，《菁莪》樂育化爭霑。【尊經閣在明倫堂後，貯

群書，使一吏掌之，諸生常借讀。今則日漸亡失，層架殆空云。】

8.

六一閣中弓矢儲，先王大射禮行餘。

向前正錄廳空闊，游詠時時好發舒。【六一閣在香大廳西，正錄廳

在享官廳南；"六一"者六藝之一也，"正錄"者學正、學錄也。古者士論於

此爲之，雖朝士，被之者不得齒云。】

9.

明倫西畔又如翬，丕闢堂深墻四圍。

一兩之東闢入北，槐黃時節點朱衣。【丕闢堂，撤尼院材構成，故

取"丕闢吾道"之義。一兩齋、闢入齋，皆在丕闢堂墻內，一兩在丕闢之

西，闢入在丕闢之南，皆以其餘材構之，故取"一舉兩得"及"闢異端入吾

道"之義。每科時，以丕闡堂庭爲試所，設一二所則爲二所。】

10.

丕闡堂頭啓聖祠，分排五位儼相隨。

推本溯源增祀典，春秋大享與同之。【啓聖祠在丕闡堂後。五位，

齊國公孔氏、曲阜侯顏氏、萊蕪侯曾氏、泗水侯孔氏、邾國公孟氏。

肅廟朝建祠，每釋菜時享之。】

11.

聖殿殿庭東廡前，屹然碑閣杏陰邊。

龜頭鳳篆無刓缺，絕妙月沙筆下篇。

12.

食堂門設東西雙，四面皆軒四面窓。

借問何時最熱鬧？ 只應朝夕鼓聞撞。【食堂在東齋之東、正錄廳

之南，東西軒爲東西食堂，北軒爲堂上入參時坐處，南軒爲南班儒生坐

處。又於東西軒下方，各對設數間軒，坐下齋生。】

13.

瞻食堂南下輂臺，三層方正向陽開。

到得至尊親謁日，高張御幕試弓才。【下輂臺在食堂南壁外，築之

以石，種之以莎。親謁聖時，若設場於館中，則下輂臺爲武試所，文科懸

題後，親臨此臺。】

14.

蕩平碑閣泮橋頭，感歎先朝手澤留。

小人君子公私辨，周不比兮比不周。【英宗朝親書"周而不比，乃君子之公心；比而不周，寔小人之私意"二十字，命刻竪泮橋。】

15.

何、董、陳、歐氣節高，四賢祠聳泮東皐。

聖朝曠感紆殊典，二八中丁薦少牢。【西晉董養當金墉時，升太學堂，歎曰"建斯堂將何爲乎"，荷擔入蜀，莫知所終。唐何蕃當朱泚亂，太學諸生將從之，請起蕃，蕃正色叱之，六館之士不從。亂後歸養於和州。宋陳東、歐陽澈，以貢入太學，伏闕上書請誅蔡京等，論汪、黃輩，同時見殺。肅廟朝命建崇節祠，祠在東泮村岡上。】

16.

二三守僕有旌門，丙子功勞聖廟存。

泮人尙說當時事，祭祀千秋永不諼。【丙子亂，守僕朴潛美等數人，奉聖廟位版入南漢。故立旌門於東泮村大路傍。】

17.

我東有若安文成，購像輸經更設甖。

奴婢百人多後裔，至今壇祀罄心誠。【安文成公向，本名玉邊向字，避御諱也。高麗贊成事，憂學校之衰，送貨于中原，購先聖及七十子畫像與祭器、樂器、經籍以來，建置國學，納奴婢百口，至今泮人皆其後孫。故設壇於泮村之北，遇文成公忌日則祭之，哀慕誠敬，不敢少怠云。】

18.

養賢庫貯養賢需，設置規模盛矣乎。

我國八方惟正供，也應半向此中輸。【養賢庫自麗朝建置，今在碧松亭東北，所以供多士也。世稱"我國財物半入此中"云。】

19.

東西櫛比泮村多，下馬豎碑洞口峨。

磚石峴前人似織，觀旂橋底水如羅。【以下詠泮村。 ○東、西泮村，以大路分言之也。洞口有下馬碑，洞口之西有磚石峴，通梨峴大路。自磚石峴入洞口處，有石橋，當宁朝命刻"觀旂橋"三字於橋頭。蓋取《詩》"言觀其旂"之義也。】

20.

泮人元自松都遐，女哭如歌男服奢。

豪俠帶來燕、趙氣，風謠怪底異京華。【泮人是自松京移來者，故其語音與哭聲如松京人，又男子衣服奢麗異常。尙氣任俠，視死如歸，往往因鬪爭，輒以釖畫胸刺股，風習大抵絕異。】

21.

藥房窓外鼓高懸，每日鼕鼕欲曙天。

"起寢"一聲纔罷後，更呼"洗水"兩齋傳。【以下詠齋中諸節及食堂故事。○藥房，東齋最上房名。其西窓外懸鼓，每日未明鼓之，呼"起寢"，又打三鼓，呼"洗水"。】

22.

食堂直到食堂時，抱券長呼奉硯兒。

一鼓能令多士動，着袍束帶競相隨。【食堂直以泮隸一人爲之，掌
食堂諸節，每將打食鼓，必抱到記，先長聲呼"某房到記次例"。蓋各房齋
直，輪回爲到記次例，奉硯受到記也。】

23.

負木高聲庭揖催，槐陰齋直詠徘徊。

東西上下分行立，濟濟一時舉袖廻。【旣鼓，兩齋負木各繞齋呼"庭
揖"：各房齋直聯袂徘徊，高詠於明倫之庭，槐樹之間，則東西上下齋儒
生，相嚮立揖班。負木更呼"揖"，乃揖而廻入食堂。負木亦以泮人爲之，
兩齋各四人。受錢，冬則一朔十五緡，夏則半之，以爲煖突之資，又應逐
日使喚。而掌議使喚及齋中公故，則日次負木爲之，輪回舉行。又食堂
朝及齋會時，齋直輒相携而詠於庭，非歌非誦。自古傳謂"是鹿鳴章"云，
而終不可曉。】

24.

儀貌食堂極整齊，分門生進各東西。

序齒升軒雙對坐，南班下寄亦相携。【故規，生員由東門入東軒，
進士由西門入西軒，相對齒坐；東西下齋生各入其軒，與生進下坐者相
對，號爲"寄齋"。近來有庶名生進，入南軒，稱"南班"。】

25.

麻布前鋪用代盤，於焉羅列授之餐。

却使一人供一物，須臾八簋自全完。【麻布前鋪，俗呼"典布"。多士旣整坐，其前僅容一條布，故自上鋪下。而每前供八簋，飯一、羹一、醬一、沈菜一、菜一、醢一、佐飯一、生菜一，各有掌而供者。】

26.

紅團領吏戴平巾，拱立上頭檢飭頻。

茶母、首奴名色夥，喧譁聲裏走紛繽。【我國法，各司胥吏着平頂巾、紅團領，每食堂時，館吏立北軒下，促其供。首奴輩又奔走檢飭，食母、菜茶母、湯茶母、魚廛等屬，名目繁多，熱鬧特甚。】

27.

到記從頭次次書，共留名押井間疏。

直至曹司與色掌，摠題幾分末端於。【到記冊畫爲井間，每一人書姓名於一間，并着押。自班首至曹司畢書後，下色掌書幾分於其下，若無下色掌則曹司書之。】

28.

每物旣供"勸飯"呼，齊持匙箸若相須。

"進水"、"退牀"次第唱，一聲"起坐"下來俱。【儒生盡入，則兩齋日次負木，分入東西門內，俟每物供畢，呼"勸飯"。然後齊擧匙箸。及進水則呼"進水"，及退牀則呼"退牀"，又呼"起坐"，然後一時罷散。】

29.

弗祧國忌有時遭，下隸書頒擧紙高。

豆腐代魚藿代醢， 共言"行素獨吾曹"。【國忌則食堂直書"某朝忌
辰"，以手高舉，頒示東西堂，然後進素饌。祧廟則否。世稱"國忌行素，
惟成均館儒生"云。】

30.

三庚日氣極炎蒸，夕食堂時輒設氷。
每前一塊如拳大，勝似空談"脚踏層"。

31.

流金盛熱日煩歊，不許食堂把扇搖。
揮汗忍過朝夕頃，腐儒身世太無聊。

32.

典布一條鐵限同，鋪前不許往來通。
或有別般非得已，割開然後始抽躬。【既入食堂，鋪典布後，則不
許踰越。若被論及有不得已之事，則令食堂直割布而出。】

33.

食堂只許百人參，極擾競時數再三。
舍菜、大科前兩日， 始看新榜亦均覃。【當宁朝定式，除掌色六
人，只許百人參食堂。釋菜及大科時，則前期三日，始許勿限數。若常時
儒生多聚，競入紛擾，則食堂直再三數之，簡出新榜，猶過於數，則又簡
出其前榜，次次上及，而同榜則年少者出。或冒沒蹲仍，而至於擬之以
罰，然後始出，光景殊不美矣。】

34.

朝夕連參一點成，點圓三十作科程。

直待準過三百點，不勞歲歲更留名。【故規，一日一參食堂，則不許通計，必連參朝夕，然後爲一點。滿三十點，然後許赴一年圓點科，通計三百點，則更不計點而許赴。】

35.

泮長入參或有時，向南主壁整威儀。

下人前導郎官後，臨食巡堂用故規。【大司成參食堂則坐北軒，典籍側坐。既供每物，必起巡視東西堂，然後還坐受食，及呼"起坐"，然後起出。】

36.

大別味供一、六朝，全牛列鼎不蕭條。

鮮湯心炙諸般品，沙碗盛來隨所要。【以下詠別味別供等諸節。○故事，每遇一、六日，則有大別味，庫直前期遍稟於儒生，各隨所求，以大碗進之。近來則只納八文錢。】

37.

小別味隨三、八爲，有名無實乃如斯。

殘羹冷炙不盈節，用代乾魚佐飯資。【小別味，俗呼"別佐飯"。每當三、八日，則或羹或炙，以代佐飯，所以謂之"別佐飯"。而所供甚小，又不堪食，反不如乾魚之佐飯，豈非有名無實耶？】

38.

一年名節幾相逢？朱漆平盤盛別供。

除却中秋、寒食外，每將牢具慰覊蹤。【每遇節日，則進別供，以
大平盤盛之，惟寒食、秋夕無之。而近漸減削，無可食，只納數十文錢。】

39.

除日至於正月三，別供每日足肥甘。

旅窓餞迓愁何在？留與齋中作美談。

40.

初伏家獐縱曰些，勝如中伏兩甘瓜。

最是西瓜末伏日，暫時能使爽喉牙。【初伏進犬肉一楪，中伏進甘
瓜二介，末伏進西瓜一介。近來則或只納幾文錢。】

41.

別供曾未一杯嘗，房酒故名喜不亡。

朔望每間一鐥半，豫敎齋直捧來忙。【別供則無酒，惟房酒之名尙
存，每朔望，一間納一鐥半。近來則只納十二文錢，齋儒不勝喉渴，常先
期捧來。】

42.

釋奠春行始點心，秋過釋奠更休尋。

白飯數匙藿數片，猶能長日慰涔涔。【點心，春菜後始，秋菜後止。
近來則或只納二文錢。】

43.

二十八房各有稱, 房房儒士共儕朋。

少年或爲工夫地, 僻靜泮村占得恒。【以下詠儒生游居之所。○東西齋, 每二間爲一房。東齋第一房曰"藥房", 其次曰"右第一房", 其次曰"掌議房", 其次曰"進士間", 其次曰"下一房", 其次曰"下終房", 其次曰"下齋"。西齋第一房曰"西一房", 其次以下竝與東齋同稱。儒生入居者, 必尋其所親, 與之同處。或出居泮村與享官廳。】

44.

清齋不許奕棋遊, 只得群居學業修。

若欲偸閑消永日, 享官廳或泮村幽。

45.

朝家待士典章嚴, 盛意分明萬世瞻。

禮遇儀供靡不極, 中間沿革苦難兼。【以下詠待士諸節。○國朝待士之典, 初頭則非不備盛, 而後來沿革無常, 寢以削罷, 今則罕有兼存者矣。】

46.

凡干公事馬安身, 一切傳言隷可人。

房色掌豪司夏楚, 大廳直健任鋪陳。【齋儒以齋中公故出入, 則必騎馬; 有士論及使喚事, 則下隷皆備。東西齋各有房色掌一人, 以豪健者爲之, 凡有笞杖事皆掌之。大廳直亦以勤幹者爲之, 凡明倫堂及齋中窓戶鋪陳皆任之, 每房茵席, 間一朔進排。此則至今猶然, 而但漸不如前耳。】

47.

齋舍房房每二間，八名齋直各成班。

眼前使喚皆隨意，猶勝人奴懶且頑。

48.

笑彼童心嬉戲耽，撻之流血亦心甘。

繫手懸簷猶或可，以頭擊柱太難堪。【齋直輩皆兒童，或遊戲不
謹，則撻楚或至血流，又懸其手，甚則撞其頭於柱。此則今亦然。】

49.

每當月朔分排先，齋直人人十五錢。

燈油日日輪回納，一塊牛脂一夜燃。【每朔朝，分給齋直油價，人
十五文，使之逐日輪回供油於齋舍，故輒納牛脂一小片。享官廳及泮村，
則本房齋直亦供之。近來則或日受一錢。】

50.

天寒十月使人忄雙，紙納房房塗壁窓。

火爐進處兼陶器，藥罐醎盆與水缸。【每十月，則各房納窓戶紙及
塗壁紙，又納火爐及水缸、醎盆、藥罐等物，以備日用。食堂所用沙器，
則每朔家事直受三十緡以供，而詩不及之。】

51.

各房負木掌燃柴，冬夏排錢自有差。

逐日城闉多使喚，無論風雨走通街。【冬夏柴錢，注見上。逐日使

喚, 除非過江, 則皆爲之, 雖風雨寒熱, 亦不敢辭, 或夜深方還, 或鍾鳴
而出, 亦可憐矣。】

52.

天寒朔炭有常規, 日暖猶然藥炭資。

疾痾更許刀圭濟, 除却參、黃無不爲。【自十月至正月, 每朔納
炭, 其外只許藥炭。儒生有疾, 則隨藥方製給, 後以難繼, 不許參、黃,
而餘皆依前。近來則此規漸亡, 惟朔炭在, 每朔九斗。】

53.

或值齋儒有死亡, 治喪返柩燦條章。

會弔諸生仍賻助, 同齋厚誼不尋常。【齋儒疾革, 則出于泮村。死
則自官給財治喪, 返柩于本家, 諸生及齋直輩皆有賻助, 此厚風也。今
亦然。】

54.

每朔剡藤百束纏, 三南方伯印封來。

靑、黃筆與墨皆百, 是法刱時誰所裁?【每朔壯紙百束、靑·黃筆
各百枝、墨百笏, 以焚香擧案分納。紙則三南來者, 而每束必印。不知
刱自何時。 而近來則紙漸爲白紙, 筆墨亦皆不堪用, 又稱以滲漏腐縮,
自夏以後則只受擧案, 至春始計給, 皆下輩幻弄之弊也。諸生則非一人
所能矯弊, 而爲泮長者亦莫有糾正者, 可歎也已。】

55.

焚香罷後吏披文，舉案中人始得分。

人少紙多多則少，別頒掌色古規云。【下吏按簿計納紙筆墨，人少則
多，人多則少，科時士聚則或至於四五張。掌色則雖不參焚香，亦同頒云。】

56.

科時試紙亦均覃，望後還憑望禮參。

增、別、式、庭兼筆墨，只殊節製與黃柑。【試紙亦以焚香舉案
頒給，科在望後，則以望焚香爲準。大科則兼給筆墨，節製則只給試紙。
近來以國用不足，并準焚香日朝到記給之，蓋欲無過百數也。以故新榜
儒生，雖參焚香，亦不得受試紙。哿矣富人，哀此貧窮。未知以此補國用
幾何，而減削之事，此類甚多，無復盛時之風，可惜也已。】

57.

下齋凡節上齋依，朔紙胡爲減半微？

試紙雖沾科大小，除非考講入場稀。【下齋皆以講生充定，支供凡
節，皆依上齋爲之，而朔紙則半於上齋。大小科試紙亦均頒，而製述場
中不入者多矣。】

58.

初頭排定儘超凡，月異歲殊漸削劖。

堪痛下人操縱術，或更或匿幻欺咸。【當初凡節之分排，可見待士
之不凡，而歲月寢久，下輩任自操縱，專以幻弄欺隱爲能事。或有其名，
而更之以薄惡之物；或并與其名而匿之，入於囊橐。如庭試、謁聖時，

故有炬燭之分排，而下輩之偸竊欺瞞已久，爲儒生者初不知有此，近來以國用不足減之，故始皆知之，可笑也。此類蓋甚多。】

59.

上齋元不下齋尋，齋體相傳式至今。

下齋分得東西四，啓聖祠齋共盍簪。【故規，上齋不得往下齋，所謂齋體也。又東西下齋，各分出二人，住啓聖祠齋房，通計一間住四人。】

60.

邦家有慶賀千官，太學陪箋共抃懽。

內閣諸臣趨寢殿，聖恩偏許厠儒冠。【凡陳賀時，掌議率儒生進箋。先朝則只於闕門外行四拜，當宁朝旣置奎章閣，每於陳賀時，別召閣臣及泮儒於便殿，共行禮。】

61.

肆市典嚴討逆兇，奔趨成命會群龍。

太學或令同序立，爭先快睹幾重重。【鞫逆行刑，則或命百官序立。太學亦有同爲序立之時，奔走環觀，惟恐或後。】

62.

館婢攸生是直童，生於他婢吏名充。

齋直長還成守僕，泮人亦自不相同。【此詠泮人應役之各異。○館婢所生則爲齋直，他婢所生則爲書吏，齋直長則爲守僕，泮人之中，亦自殊塗。】

63.

新榜諸生入泮初，齋中必擇所親居。

隨力進來新榜禮，古規今日此猶餘。【此詠新榜禮。○新榜生進初
入泮齋，必與所親同居，有新榜禮，隨其貧富，以爲豐薄。蓋國朝古風也。】

64.

面責古風昉自何？呼來後進任譙訶。

兩齋齋直爭欣躍，蝟集蜂屯走似波。【以下詠面責。○齋中有面責
之古風，前榜呼後榜，則東西齋直輩，踊躍群聚，走向被呼者所在之處。】

65.

後進所居幾市圍，呼之名姓把之衣，

左擠右曳頻顛仆，及到面前始散歸。【齋直輩圍守後進，亂呼姓名，
謂以面責，牽挼衣服，或推或曳，一步九顛，及至先進呼者之前，然後始
散去。蓋欲困辱之也，雖曰故規，殊非善謔。】

66.

焚香前日早延香，碑閣傍邊列作行。

吏負函乘官押後，下橋過處鞠躬忙。【以下詠朔望焚香。○每晦日
及十四日朝，行延香禮。臨時下人引齋儒出，列立香橋碑閣邊，吏負香
函，乘馬香官隨後至橋，下馬而過，則一齊鞠躬。】

67.

焚香朔望未明時，守僕三呼促外儀。

下輦臺前北向立，列書擧案火光隨。【每朔望曉，將焚香，先打起
寢、洗水鼓。然後守僕三呼請外儀，則儒生出立下輦臺前，北向成列，
隨炬火光，書擧案，給守僕。】

68.

守僕六人典字巾，眞紅團領色鮮新。

班中尋得曹司出，引向獻官廳上臻。【守僕六人，蓋大聖位、四聖
位、東西從享、東西廡，各一人也。着典字巾、紅團領，旣受擧案，掌
議或班首，差定奉香、奉爐、執禮。奉爐則以下齋及四庠中一人爲之，
執禮則以前第三榜中人爲之。蓋新榜爲下色掌榜，其前榜爲上色掌榜，
又其前榜爲執禮榜，執禮榜中若無參者，則又以其前榜爲之。守僕尋得
班中最少年，引向獻官所在香大廳，揖以迎出。曹司若有同庚，則又分
其生日先後。故或有厭避曹司，而詐增其月日者云，可笑也。】

69.

曹司前導獻官來，揖就班頭側立陪。

復見香官隨後至，一時多士鞠躬催。【曹司隨守僕，在獻官前，導
以出來，立於班前，守僕揖。曹司亦揖，仍陪立於側。然後香官陪香出
來，守僕呼“鞠躬”。香官仍上階入門，受香奉安卓上。】

70.

諸生齊下泮橋邊，執禮、曹司入最先。

少待二人行禮訖，層階登處小門壖。【香旣入，諸生皆移立於碑閣
邊、小神門外，曹司亦揖獻官以來。香官旣奠香，由小神門出，立獻官

下。守僕引執禮及贊引先入，行四拜訖。贊引復出，揖獻官入。諸生皆隨登層階，由小神門塡咽而入，下齋及四學儒生亦隨入。】

71.

殿庭趨進衆青衫，排列後前肅穆咸。
小子油然尊慕意，怳如先聖儼臨監。

72.

青絲捲箔殿門開，門外朱牀望裏嵬。
試看牀上安排物， 香盒香爐兩燭臺。【殿門外設箔， 是曉捲絲開門，於門前當中設朱卓。卓上安兩燭臺燃燭，又安香爐於正中，香盒在其東。】

73.

執禮階前笏記扶，只隨守僕一聲呼。
引着獻官盥手詣， 奉香上處奉爐俱。【執禮、贊引立臺下層階之傍，執禮持笏記，只隨守僕之聲，守僕曰"呼"，則執禮唱。贊引引獻官詣盥洗所，逐引詣香所，奉香及奉爐、執禮皆隨而上。】

74.

奉香東跪奉爐西，三上香餘復位齊。
隨唱一時行四拜，篆煙馥郁殿中迷。【獻官既跪於卓前，奉香奉香東跪，奉爐奉爐西跪。獻官三上香於爐，則各安於卓上。獻官及諸執事皆降復位，行四拜訖，皆出。】

75.

二、八初丁釋菜恒，豫敎庭廡廓清澄。

廟中器物渾修潔，戶、禮郎官遞照憑。【以下詠釋菜。〇每仲春、仲秋初丁，行釋菜禮。前期掃除內外庭階，令清淨，又修滌樂器、祭器、牀卓等物。戶、禮曹郎官豫來，奉審照驗，重其事也。】

76.

前期三日入清齋，却設別廳請友儕。

幼學還敎四學供，靑衿咸集廣庭槐。【前三日，謂之"入清齋"，設別廳於東門。新榜儒生會集，使兒房使令捉致方外儒生之泮主人，促其入來。幼學則各其學庫直來供食。】

77.

掌議來居掌議房，前期差祭大書煌。

司尊、奠爵多名目，妙選上頭是奉香。【前三日，掌議入處掌議房，差祭，書於聯幅紙，頒示齋中。大殿奉香，極一時之選，一經則便爲掌議階梯。奉爐以幼學中有地望者爲之，奠爵生進，奉爵幼學，司尊生進、幼學各一人，陳設亦各一人。配位及東西從享亦然。東西廡亦然，而奠爵、奉爵每廡各十人，司尊、陳設各八人，又有滌器、食色等目。又有都陳設，兩掌議及有地望者二人爲之。啓聖祠亦然，而無都陳設、滌器·食色等目，以老人差定。蓋以其節奏之便簡也。】

78.

朝廷差送祭官分，三十餘員列作群。

領着衆牲諸架子, 平明滿路影繽紛。【舍菜前日平明, 朝廷祭官三十餘員入來, 又有奉常寺官, 領祭物架子及諸犧牲, 滿路而至。三獻官。東西從享獻官各一人, 東西廡獻官各十人, 謂之"分獻官"。 又有大祝二人、堂上執禮、堂下執禮、叶律郞、贊者、謁者,[8] 監察押班。 又有守井官, 各司待令。掌樂院典樂, 率衆樂生, 來待。】

79.

初獻官差宗伯卿, 亞終泮長曁司成。

大祝、律郞、兩執禮, 押班監察享廳盈。【初獻官, 例以禮判爲之, 而或只以正卿差送; 亞獻官, 例以大司成爲之; 終獻官, 例以司成爲之, 而或不然; 叶律郞, 以掌樂僉正爲之; 大祝、兩執禮, 以侍從及郞署爲之。三獻官住香大廳房, 諸執事分住東西享官廳。居享廳儒生皆出避, 俟大祭罷後還入。】

80.

陳設儒生坐近庖, 奉常官屬席相交。

斗量黍稷尺量幣, 一一考憑解厥包。【典祀廳在守僕廳傍, 宰殺熟設之所也。朝食堂後, 守僕引陳設儒生, 坐於典祀廳, 與奉常官相對, 斗量黍稷等諸祭物, 尺量苧幣, 每物擧以考驗。又牽牛羊豕於外庭, 守僕引初獻官及典牲官告充腯, 初獻官揖而入。羊則用於啓聖祠。】

---

8 贊者謁者 : 저본에는 이 원주의 맨 끝에 위치해 있으나, 저본의 교정 부호에 따라 위치 교정.

81.

肄儀恒趁日將晡，設位明倫堂上俱。

琴瑟、軒懸與佾舞，儀容盡是倣形模。【午後肄儀，設位於明倫堂，行外儀於外庭。出入升降諸節及堂上堂下樂舞，皆倣爲之。但朝官以帽帶，樂生以笠子爲之。】

82.

承旨躬承上命行，犧牲器物摘奸并。

檢看纔訖旋馳返，要慰吾君慕聖誠。【承旨每奉命摘奸，檢看牲、器、井、物訖，即反命。】

83.

守僕引陪陳設儒，迨天未夜廟中于。

按行故例進諸品，肅肅紅衣左右趨。【未昏，守僕引陳設儒生，於殿內進，陳祭物，皆依故例爲之。儒生但觀之而已，若無守僕，則難以成樣矣。】

84.

黍稷稻粱簠簋煌，十籩十豆列作行，

一元大武陳房俎，滿卓潔豐禮意章。【方曰"簠"，盛稻粱；圓曰"簋"，盛黍稷；竹曰"籩"，盛果脯；木曰"豆"，盛菹醢；又以大房俎，盛牛頭及牛豕體，皆有定位，燦然成列。又前列三爵臺。】

85.

四聖饗儀大聖同，東西從享殺其豐。

一團生肉三條脯， 井井各陳兩廡中。【配位與大聖位同， 但無牛頭， 東西從享又殺其品。兩廡則又殺之, 生肉只一塊, 如小兒拳, 脯只三條, 爵臺只一。】

86.

三更一點鼓而興，盥漱人人各點燈。

饋粥療飢成舊例，整衣將事達宵仍。【三更一點, 打起寢鼓, 各房點燈盥漱。仍饋粥, 爲其將達宵將事也。仍催外儀, 爲其將以四更一點行禮也。】

87.

無數加差守僕名，繞齋上下聒呼聲。

外儀催出奉香屬，陳設、司尊殿內迎。【守僕六人外, 加差假守僕無數。既請外儀, 此輩繞齋下上, 而呼曰"大殿、配位、東西從享、東西廡奉香·奉爐·奠爵·奉爵出外儀"。司尊、陳設入殿內。】

88.

獻官以下許多員，同出外儀列後先，

金冠、祭服、青綦履，佩玉鏘鏘響折旋。

89.

四更一點禮行初，庭燎煒煌白晝如。

章甫、搢紳皆就位， 只聽笏記唱徐徐。【外儀既整齊, 朝官與儒生, 四更一點, 始行禮。雙行列大炬於庭, 又列小炬於殿前及兩廡前, 晃

如白晝。殿內及廡內則皆燃燭。諸執事皆就位立。堂上執禮立臺上，堂
下執禮立臺下，各執笏記。守僕曰“呼”，則堂上執禮唱笏記，堂下執禮亦
依其唱而唱。守僕卽引贊者、謁者，依例行禮。】

90.

鳴球、琴瑟以升歌，堂下管、簴、柷、敔羅。

大鼓淵淵編磬擊，隨時合止禮儀多。

91.

初獻禮行奠幣餘，亞、終相繼摠如初。

趨隨贊、謁頻升降，節次分明密不疏。【先行奠幣禮，然後行初
獻、亞獻、終獻禮，皆隨贊者、謁者而行。升降節次並有條理，一依笏
記。五聖位各有祝，初獻時大祝二人更迭讀之。】

92.

六佾舞庭典樂分，由來武舞後於文。

武執戚干文籥翟，周旋蹈厲各紛紛。【文舞、武舞各三十六人，是
爲六佾。掌樂院典樂，分排衆樂生。先爲文舞，左執籥右執翟，周旋俯仰。
文舞旣退，乃爲武舞，着赤幘，左執干右執戚，發揚蹈厲之際，每干戚相
搏有聲，皆依鼓聲及鍾磬爲節。】

93.

律郞手把赤龍旂，或偃或張作止依。

文籥、武旌隨進退，摠由執禮唱無違。【叶律郞把赤龍旗，立臺上

之右。執禮唱"堂上之樂作"及"軒懸之樂作"，則律郎豎其旌，樂乃依此而
作。執禮又唱"樂止"，則偃其旌，樂乃止。文舞則典樂執籥而進，立于佾
首；武舞則執旌，立于佾首，亦依樂作樂止，而進退皆由執禮之唱。執禮
由守僕之呼，遲速作止一在於守僕之口，豈如禮乎？】

94.

殿中從享、廡東西，分獻官多肅立齊，
直待兩楹終獻後，紛紛奠爵迭相携。【殿內東西從享及東西廡分獻
官，皆立以待五聖位終獻，相携奠爵。儒生亦隨而行禮。如廡則上頭焚
香後，十人奠於十位，以下次次爲之。】

95.

奠楹禮畢曉星殘，望瘞位邊引獻官。
白苧幣端凡幾尺？須臾燒盡石函寬。【古者舍菜禮畢，則天明日出
云矣。今則守僕惟以速行爲事，罷漏前已告畢，可歎也。守僕引初獻官，
至殿西階下望瘞位，燒幣於石函。蓋古瘞今燒。】

96.

獻官受胙跪東階，禮已三成樂已諧。
一箇豚蹄一爵盎，遵憑故事好安排。【禮畢，初獻官跪臺上之東南
角受胙。大祝由右進一爵，守僕曰"此福酒可盡飲"，大祝由左受爵。一豚
蹄亦右進左受，守僕呼獻官從者出給。】

97.

監察始終特立庭, 衆人皆出獨留停。

登降回旋點視後, 更敎截脯警瞻聆。【行禮時祭官無不有事。獨監

察特立於東庭之末, 諸員皆出後, 乃升殿內點視, 次東西從享、東西廡。

然後升坐殿門前, 令守僕截脯, 使有刀痕, 蓋恐下輩更以混用於祭享也。

然此特遵用故事而已, 至於禮節儀貌之間, 雖有當糾察者, 率皆若不知

也。焉用彼監察哉?】

98.

撤邊守僕走橫縱, 牲體先將進九重。

片脯幾條分等品, 祭官處處遍題封。【撤後, 以牛體進上于闕內。

然後以片脯分封, 送于諸祭官, 條數則隨其等品。】

99.

儒生飮福食堂兼, 柏子兩三醢小尖,

煮酒銀杯酌未半, 割來片脯薄如縑。【儒生則無所與, 只於其日朝

食堂, 有二三栢子、鹿醢尖小如栢子者二三塊、片脯割如薄紙者一片或

二片, 以銀杯酌煮酒, 不能半杯而已。】

100.

桃樣銀杯有一雙, 孝[9]宗恩眷及螢窓。

---

9 孝 : 저본에는 "成". 본서 제4책 〈書太學恩杯詩集〉,《太學志·廩廩·賜予》,《太
學恩杯詩集·序》에 근거하여 수정.

三字中鐫"賜太學"，千秋盛事詑吾邦。【銀杯一雙，造以桃樣，頗寬，中刻"賜太學"三字，成宗朝嘗以賜送。故每釋菜飲福時，東西食堂，各一以飲之。】

101.
有時謁聖聖躬親，吉日良辰故事遵。
儀節一如釋奠禮，非常盛擧聳臣民。【以下詠親謁聖。○謁聖，豫擇吉日，儀節則一依春秋釋菜，但有毛血盤，或三年或四五年一行，蓋盛擧也。】

102.
成命恭承國子監，各司奔走百工咸。
門墻屋瓦皆修理，古杏新槐摠不凡。【謁聖命下，則各司官員及百工皆待令，凡館中門墻屋壁，無不一新，庭階整肅，槐杏動色。】

103.
前期淸道有司存，布帳夾排亘洞門。
泮橋左右多軍幕，供待從官處處喧。【有司前期淸道，自橋門至洞口，夾大路設白布帳。又泮橋近處，張軍幕無數，蓋以供待百官也。】

104.
嘵嘵鑾聲戻泮宮，明倫堂上朶雲紅。
羽林蹴踏相摩戞，瑞氣蔥蘢滿館中。

105.

親御食堂古有規，明倫庭下或行之。

君臣與共藿鹽供，恩眷爭訏浹髓肌。【故事或親臨食堂，而近或命設於明倫堂下。】

106.

四更將事一王心，奔走衿、紳間笏簪。

升降周旋趨拜際，萬人欽仰擁瑰林。【謁聖時諸執事，朝官及儒生，皆如春秋釋菜。】

107.

先朝盛舉至今稱，啓聖祠中祇拜曾。

善述吾王遵舊典，永垂千載以爲恒。【英宗朝謁聖時，拜啓聖祠，以"祇拜啓聖祠"命賦題。當宁朝亦遵而行之，遂爲恒式。】

108.

是日設科丕闡堂，八方多士共觀光。

懸題更御鼇臺上，妙技爭穿百步楊。【行禮後，御丕闡堂懸題，後御下鼇臺，試武科。】

109.

試官三十考縱橫，日未中天已唱名。

政院下人連覓去，一場儒士一時驚。【謁聖科，卽日唱榜，例差三十試官，分考試券。古則夜深乃出榜矣。當宁朝，未午已唱榜，則政院使

令連呼覓去，御前進退。】

110.

午後鸞輿率榜還，榜分龍虎列成班。

桂花在首優倡戲， 咫尺不違一解顏。【回鑾時， 龍虎榜在前分左右，以次列立，戴御賜花。優倡又在前呈雜戲。】

111.

明倫、丕闡或通開，內外分庭以試才。

處所有時在後苑，春門回駕御春臺。【先王朝或通開明倫堂、丕闡堂，以明倫庭爲內庭，丕闡庭爲外庭，分懸御題。或由集春門回駕，御春塘臺，爲試士處所。】

112.

春宮八歲四重謠，入學縟儀選穀朝。

靑紗垂着緇巾後，鶴駕來從問寢宵。【以下詠東宮入學。○東宮八歲則入學，擇日差大提學。其日東宮戴儒巾，巾後垂靑紗，長與身齊，以入館謁聖。】

113.

執贄先趨將命郎，文衡迎處拜倫堂。

洋洋講說爭延頸，《小學》題辭第一章。【大提學先待於明倫堂側，將命者執贄以迎，東宮拜以爲師。講《小學》題辭"元亨利貞"大文，大提學讀之，東宮又讀之，大提學又解說其義。】

114.

節製一年問幾番? 牌招提學待開門。

承宣更奉璿題出, 券券催收入九閻。【以下詠節製。○每當人日、三日、七日、九日及<u>濟州</u>柑貢, 則設科取士。前一日, 大提學或弘、藝文提學, 待開門牌招命下, 則大司成及提學入館中。承旨奉御題, 馳入懸之, 隨所捧, 先爲領入闕中。其後大司成催收, 次次入之。柑製外, 非大輪次與親臨特許, 則只一賜初試, 施賞。】

115.

準點儒生許入場, <u>倫堂</u>泮長考名詳。

有時命下通方外, 聳動人人赴擧忙。【若非特教通方外試取, 則只圓點儒生許赴。入門時收袖擧案, 泮長坐明<u>倫堂</u>, 考其名, 有未準點者則點之。】

116.

大輪次或有時行, 承旨、文衡、政府幷,

六曹之長、三司屬, 滿路輪蹄喝導聲。【或大輪次命下, 則政府東西壁及大提學、承旨、六曹長官、三司諸員皆入, 高軒滿路, 人皆聳觀, 眞盛擧也。】

117.

<u>丕闡堂</u>中出試題, 壯元特許上雲梯。

<u>春塘</u>或下親臨命, 賦表雙懸賜第齊。【大輪次則試官坐<u>丕闡堂</u>出題, 壯元賜第。或親臨<u>春塘臺</u>, 雙揭賦表, 各取一人, 其次初試幾人, 施

賞幾人。】

118.

黃柑三運自耽羅，薦廟薦宮更設科。

木架以盛紅帕覆，領來中使帶恩波。【以下詠柑製。○濟州貢柑有初運、再運、三運。旣薦于太廟及景慕宮，卽設科于泮宮，中官領一架柑子以來。】

119.

頒時攫蹴太狂且，四破雙分撒却疏。

未效衆人爭走拾，無由遠物嘗君餘。【儒生旣入場未懸題，吏奉柑櫃，出於階頭以頒之，少年輩及隨從之屬，或攫之蹴之，禁之不能。故乃雙分之，或四破之，擧手向空撒擲之，則又競相走拾，擠排剽奪，無所不至，稍自好者皆不近前。士習固無可言，而國家頒柑之本意，果安在哉?甚可寒心。】

120.

科行到記以春秋，承旨前期入泮收。

塡咽食堂惟恐後，爭毫裂紙未應休。【以下詠到記科。○每春秋設到記科，前期遣承旨入泮，收朝到記或夕到記，製講各一人試取賜第。方其收取之時，生進奔走塡咽，無復次序，簇立挨排於軒上軒下，奪人方書之筆與紙，身短力弱者退立以待。使識者觀之，未知以爲如何，而莫有矯弊之方，可歎也。】

121.

親臨正殿或春臺，國子先生率入催。

拜跪齊隨臚唱響，不知誰是夢龍來？【科日，大司成率儒生以入殿座後，引儀唱"興，拜"，則試官與儒生，一時行四拜禮。及懸題時，又一時跪，及呈券時，又四拜而出。】

122.

試紙均頒咫尺天，璿題朱板倏高懸。

更分藁薦傳嚴命，"各坐人人勿敢連"。【御前頒給試紙，乃大好紙也。復命給藁席，使之各坐，毋或連接及往來言語。近或無給藁席之命。】

123.

四學、下齋講一經，儒巾、團領異儀形。

純通比較爭攀桂，誦盡七書意未停。【四學二十人、下齋二十人則以講赴舉，儒巾之下，着綠團領，繫黑絲帶，非朝官非儒生，儀形可異也。《易》、《詩》、《書》中以一經考講，純通者登第。而若純通者多，則畢講後，使之比較，或製述或講經。而講比較，以他經試之，若又同桩，則又以他經更試，或有盡誦七書而後，始決雌雄者。】

124.

陰月每當十一朝，旬頭殿講故規昭。

到記正書入啓後，自天落點首爭翹。【以下詠旬頭殿講。○每當二、四、六、八、十、十二月，則於十一日取稟後，正書到記入啓，則點下考講，故又謂之"落點殿講"。】

125.

旣望引登落點儒，五雲多處早朝趨。

堪羞進士皆書"不"，獨許經生誦《典》《謨》。【至十六日，引落點
儒生於便殿，生進皆書"自不"，只下齋、四學生應講，或初試或施賞，有
特教則或賜第。】

126.

上齋無講每徒勞，製述出題聖眷叨。

承命史官馳入處，成均書吏數聲高。【當宁朝以上齋無講徒勞，有
名無實，別以製述出題。史官奉以馳入至洞口，則政院下人連呼成均館
書吏而來。】

127.

明倫堂下集青衿，宣示御題聳衆心。

試紙頒時呈擧案，翌朝爲限布溫音。【史官上明倫堂，招集儒生，
揭示御題，儒生皆四拜後，受擧案給試紙，亦大好紙也。又每命以明日
食堂時或午時爲限，使之盡其才。】

128.

方外儒生或許觀，雙懸賦表衆皆歡。

塡街咽巷爭奔走，最是君房作弊端。【應製通方外，則賦表雙揭，
無不踴躍，旣無場屋之限，又有時刻之緩。故率多紫微之君房，其亦一
弊端也。】

129.

大書榜目自奎垣，記注齎來賜壯元。

冊子楮生兼筆墨，高低多少各霑恩。【自奎章閣大書應製榜目於壯
紙，注書持來給壯元，隨其等第高下分賞，或冊子或紙筆墨，多少有差。】

130.

引見儒生也有時，映花堂畔駐龍旗。

集春門闢番軍列，國子長催守僕隨。【以下詠不時引見親試。○或
不時召見儒生，則御春塘臺，開集春門。大司成率儒生入侍，番軍擺列，
守僕奔趨。】

131.

臺上肆筵設食堂，鼓懸檜樹擊其鼜。

始終諸節渾依樣，咫尺堪詫襯耿光。【設食堂於臺上，一依東西軒
及寄齋所坐處而布席，移懸食鼓於臺畔小檜。食堂直擊之，兩齋日次負
木呼之，儒生各以東西趨入定坐，外面雖似整齊，而實則雜亂無次。且
進食之時，下輩乘時偸竊，全不成樣。或有二三人兼一饌者，而又無可
食。此豈非盛擧，而畢竟未免歸於文具，噫！】

132.

平盤紙覆御供陳，饌品不殊器物均。

泮長手擎趨跪進，爭瞻天笑是時新。【諸生之食皆設，然後侍臣之
食，以平盤進之。乃上御牀，亦平盤而覆以白紙，盛以沙器，饌物品數皆
同，而但謹潔高供。守僕以授郎官，至御座近處，大司成手擎趨進，榻前

跪上，則中官受以置諸案上。此時衆共仰瞻，天笑未嘗不一爲新也。】

133.

奉退御牀衆裏行，同知館事大司成。

君餘徧向諸生示，到處環觀溢喜聲。【大司成又奉退御牀，至諸生班，使郎官擎以巡於東西齋諸生之中，同知館事及大司成隨之。諸生皆起立，環觀君餘，無不喜聳。】

134.

罷了食堂講製俱，升論經義降操觚。

須臾呼入仍行賞，是日君臣盡日娛。【食堂既罷，兼行講製。呼名則升前，面講對經義。講畢，降復位，製進。有頃出榜，乎入行賞而罷。】

135.

有隕自天酒及肴，黃封瀲灔八珍交。

謝箋一道明朝進，詣闕相携出序膠。【儒生退出後，或賜送酒饌。翌日儒生修謝箋一道，詣闕門外，投進而退。】

136.

陵幸春秋按例行，泮儒祗送復祗迎。

負木前期搜馬待，爭先騎出洛陽城。【以下詠陵幸祗迎。○陵幸例以仲春、仲秋爲之，出宮時泮儒祗送於城外，回鑾時復祗迎。前一日，各房負木搜出泮村馬以待，則爭先騎出。】

137.

東傍關祠西革橋，路邊成列聽簫韶。

鞠躬只待鑾輿近，掌議押班肅不囂。【泮儒祗迎，東則於關王廟傍，西則於慕華館革橋傍，作班於路邊，掌議押班。待天樂漸近玉輦繞過，一齊鞠躬，今之鞠躬乃伏地也。】

138.

館峴路通景慕宮，鳴鑾清道瑞雲籠。

觀旂橋側環多士，玉輦駐時競鞠躬。【城內動駕，則無祗迎之例。而當宁朝每於景慕宮動駕時，或路由館峴，則諸生成班於觀旂橋傍，祗送祗迎於下輦時。】

139.

經霖聖殿漏宜修，奉審前期祭告由。

明倫堂上移安竘，後日還安禮亦侔。【此詠改瓦時移安、還安。○霖雨後聖殿有滲漏處，則戶曹奉審，前期行告由祭，仍移安于明倫堂上，而工人升屋改瓦後，復還安行祭。移安、還安時，生進奉位板，幼學奉櫝，餘皆祗迎於明倫堂庭，故例如此。而近來此舉，無歲無之，一經雨水，則輒稱修改。余嘗疑屋瓦非一雨輒改者，況大成殿是何等制作，而雨輒滲漏，年年改瓦乎？此必守僕輩利其捐財與屢祭，而有所誣詐也。近聞此輩每於經霖之後，以布片染泥水，繫諸長竿，以浣殿壁，使若雨水之滲漏者然云。然則不但公然費財之可痛，聖廟移安，何等重大之事，而緣此輩蠹詐，每為此舉而莫之矯革？良可憤惋。】

140.

修掃每當五日朝，殿中爰及啓祠迢。

掌議不來班首替，紅衣守僕走相邀。【此詠聖廟修掃。 ○每於五日、十日行修掃之禮。無掌議則班首代行，率守僕奉審殿內及啓聖祠。】

141.

有事斯文或討兇，議治儒疏衆皆從。

公明士論誰携貳？ 小則罰懲大鼓攻。【以下詠儒疏。 ○斯文有事及討逆時，掌議或諸生發論治疏，莫敢不從。 或有立異者，則隨其情理之輕重，或施罰，或鳴鼓。】

142.

大議事時會邇遐，倫堂列跪聽無譁。

齋任呼差諸疏任，曹司執筆墨濃花。【旣治疏，乃大會差出疏頭、疏色、製疏、寫疏等諸疏任，謂之"大議事"。以次列坐於明倫堂，曹司執筆在掌議前，掌議呼則輒寫之。】

143.

先出疏頭莫敢違，曹司往請下人依。

不聽例讓仍三反，謂"是夫夫衆望歸"。【先差疏頭，曹司往請就坐，一依守僕，而立于其前。疏頭例讓，則守僕傳于掌議，復往請之曰："衆望所歸，無辭也。"如是者三，然後乃就坐。】

144.

旣請疏頭坐上頭，二三疏色亦名流。

幷書製、寫人名姓，"某日封章"定不休。【疏頭坐於最上座，然後
曹司隨掌議之呼而書大議事記。首書疏頭姓名，次書疏色兩三人，皆極
選也。又次書製疏及寫疏人，末書以"某日封章"云。】

145.

下齋掌議立前庭，傳受一通曉衆聽，

許多方外儒生輩，名帖紛紛送疏廳。【旣書大議事記，召下齋，掌
議立庭傳給。於是方外儒生爭送名帖於疏廳，惟恐或不得參，蓋畏其立
異之名也。】

146.

治疏整齊又謹緘，覆之紅袱盛之函。

泮隷一人擎以出，臨階大讀靜聽咸。【疏下列書儒生姓名，着押，
或聯紙數百張。寫畢封之，盛以函，覆以袱，使泮人自明倫堂擎出。儒生
先列立階下，然後定讀疏一人，臨階展牀而讀之。】

147.

兒房使令亦云多，凡百擧行摠委他。

淸路先敎部隷勅，衆民灑掃競奔波。【凡百使喚，一委兒房使令。將
發，先使淸路，該部下人督路傍居民，洒掃塵穢，號令風生，無敢後者。】

148.

無數泮人作侍陪，前行滿路兩邊開。

疏頭隨疏諸生後，聯袂東西緩不催。【疏行既發，泮人前行，為侍陪，分兩邊，極目聯亙。於是疏頭隨疏函，遵中路而行，掌議及疏任次之。諸生在後分東西緩步，使連屬不絕，皆具巾服。】

149.

諸學儒生後翼張，作頭掌色燦衣裳。

前擔四箇青衿櫃，一字擺開儼作行。【四學儒生又在生進後，掌色作頭而行。使學隸負四櫃，擺列在前，蓋青衿錄櫃也。學掌色皆綺紈子弟，故衣裳燦燦然。】

150.

路邊撤市閉廛門，齋直過時極鬧喧。

聞道從前疏舉際，此流作弊不勝言。【疏行發，則齋直及泮中無賴輩，先作隊而出，攫奪市中之物，或持杖作亂。故市人聞有疏舉，則撤市閉門，爭相竄伏。】

151.

疏至闕門奉御間，後前設席坐成班。

先教守僕通喉院，遲速惟應待爾還。【直到闕門，置疏函於朱卓上在正門前，仍成班而坐。學儒在後坐，臺下前列四箇衿錄櫃。守僕先入，通于政院。】

152.

大小人員勿敢乘，兒房使令禁訶騰。

橫馳或若無聞者，捉致驅從杖以懲。【雖大臣，毋敢騎疏班前。有
犯者，兒房使令呼而禁之，不聽者捉致其下人杖之，蓋故例然也。】

153.

依幕毋遲桦桓叉，分留公廨與村家。

食堂諸具皆移設，到記無常競押花。【呈疏承批之前，諸生毋得遠
離，分定依幕於紅馬木近處，或公廨或村舍。移設食堂，各於依幕受食，
到記則隨所遇雜書之。】

154.

疏入正門御路夷，疏頭由彼夾門隨。

却從政院親呈出，恭俟九重入啓時。【疏入時，由正門御路，而疏
頭由夾門隨之入，呈于政院而出。】

155.

承批卽定讀批人，多士無譁跪聽均。

讀罷共行四拜禮，退來欣荷寵恩新。

156.

叫閽或謀至再三，直房齋會便皆叅。

却設疏廳仍大議，疏頭換出問誰堪。【或謀更疏，則卽爲齋會於某
直房。仍設疏廳，爲大議事，疏頭及諸疏任，皆換出他人。】

157.

有事捲堂士論俱，爲伸公義與廉隅。

鼓響三撾人不動，齋中氣色比前殊。【以下詠捲堂。○或有欲伸公
義及廉隅而捲堂，則虛擊食鼓而不入食堂，齋舍氣色，與他日不同。】

158.

走告長官守僕忙，長官馳入坐倫堂。

盡招多士延堂上，先把緣由問答詳。【捲堂，則守僕走告大司成或
同知館事。卽入泮，延諸生於明倫堂上，問其緣由後，使之書進所懷。蓋
初非不聞於守僕，而必問諸多士者，故例然也。】

159.

多士以書進所懷，憑投草記徹瑤階。

批答下時仍勸入，從違惟視義無乖。【諸生以文字進所懷，則長官
據此爲草記。批下，每勸入，則或從，或義有未安而不敢輒入也。】

160.

或下他儒勸入音，齋儒迸出外儒尋。

食堂必待三人滿，然後長官出泮林。【或命他儒生勸入，則長官請
入方外儒生，至於鞭笞泮主人，使之迫入。不滿三人，則不爲食堂。蓋二
人爲東西班首，又有一人，然後爲曹司，書幾分於到記也。故必待三人
以上，爲食堂，然後長官復以此意爲草記而退去。】

161.

他儒不入又如何？有此人間平地波。

轉至空齋增士氣，列朝培養未消磨。【他儒終不入，則遂至空齋，
此蓋列聖朝培養士氣之致也。】

162.

義有未安迹自遲，神門辭拜漸層加。

成均官屬分房宿，黌舍公然似列衙。【空齋不已，則至於神門，拜
辭而去。自泮長以下成均館官員，分處齋房，以守聖廟，有似各司衙舍，
景色不佳。】

163.

承宣來布命諄諄，宗伯俄隨又大臣。

直待儒生勸入後，還將草記奏重宸。【承旨來宣溫音，而終不入，
則禮曹判書入來勸入，又不入則大臣入來，期於勸入，然後草記而出。】

164.

東齋掌議又西齋，地要門華出等儕。

色掌東西分上下，六員掌色好安排。【以下詠掌色。○東西齋各有
掌議，擇門地出眾者爲之，又以新榜中有門閥者爲東西下色掌各一人，
又以其前榜爲東西上色掌各一人，東西掌色合六人。東西齋皆有掌議房，
掌議入泮則居之，他儒毋敢入處。色掌掌食堂檢察，而今無有擧職者。只
食堂百人外，掌議色掌則許入；朔紙，雖不參焚香，掌色則同頒；到記及
節製親臨時，則得押班參講。四學掌色於到記科，亦參講，間有登第者。】

如欲汰宂官, 館學色掌爲先, 掌議次之。】

165.

掌議薦人舉所知, 曾經處處遍爰諮。

受來"謹悉"書諸冊, 儻或不然恐不宜。【掌議爲掌議薦, 舉其所知,

以質諸曾經掌議者, 則曾經者皆書"謹悉"二字, 然後書於薦冊, 以爲日後

擬望之地。或有一人不肯"謹悉", 則爲敗薦, 其爲法誠嚴矣。而英宗朝命

勿施京薦, 以鄉儒中四祖無顯官者爲之矣。當宁朝始復古制, 而東齋掌

議, 少論爲之, 西齋掌議, 老論爲之, 無他色矣。】

166.

兩齋齋任不相通, 老論主西少論東。

以是傳之成定例, 更無他色豫其中。【黨論之爲害久矣。朝廷每以

老少論雙舉而互用之, 謂之"蕩平"。至於泮宮亦然, 齋薦不過二色, 而至

於首望, 則西任必以老, 東任必以少, 色掌亦然。】

167.

掌議香橋下馬來, 數三守僕走相陪。

前導東西房色掌, 後隨齋直爛成堆。【以下詠掌議入泮。○掌議入

泮, 則守僕輩候於香橋傍, 迎拜陪入; 兩齋房色掌, 雙行執杖前導; 齋任

房齋直隨其後, 七八成群, 皆美容貌鮮服餙。】

168.

前訶後擁是何官? 纔入泮門便易冠。

嚇却諸生扃戶縮，開窓呼處衆聲曼。【無官而前訶後擁，惟掌議入
泮時是已。既入泮門，則改着儒巾。所過處諸生，皆閉戶縮首。及到掌議
房前，齋直輩先長聲呼曰"開窓門"。】

169.

齋會先敎多士齊，槐庭童子詠相携。

不知此輩爲何語？ 謂是《鹿鳴》字句迷。【以下詠齋會。○掌議入
泮爲齋會，則或使守僕先言于諸生，使之速聚。蓋近來諸生多厭避齋會，
不卽來參故也。齋直於是出立槐樹下，相携而詠，長短其聲，終不知爲
何語。人云是《鹿鳴》章，而字句無一依俙者。豈古則取義於《鹿鳴》，而
後遂至於如此耶？】

170.

負木兩齋日次人，催參公事大聲頻。

西齋廳上鋪長席，次第聯翩集皀巾。【齋直聲止後，日次負木繞行
各其齋前，高聲催參公事，而鋪席於西齋廳上。稍久，然後諸生始次次
會集，終不肯一齊而來，此亦可見士習之不古。】

171.

諸生旣會執綱延，齋直高擎硯匣先。

守僕一聲呼"起坐"， 東西對揖袂相聯。【諸生旣來， 以年齒跪坐，
西向北上。守僕乃延掌議而來，齋直擎硯匣前導。守僕先呼"起坐"，諸生
皆起立。掌議對立於上頭東向，與諸生相揖，就坐。】

172.

公事班中色掌差，延之座側與之偕。

直童更唱"曹司"字，齋任前頭席豫排。【齋會時若無色掌，則於諸
生中差出公事色掌，守僕卽引而置之掌議之次。凡公事，掌議出言，則守
僕必先稟色掌，色掌舉袖，次稟堂長，堂長亦舉袖，然後布告諸生。竊想
立法之意，必使色掌堂長之徒有所可否於其間，而守僕直勒使舉袖，舉
袖者亦依例而已。如此則只使守僕傳言於齋中足矣，何必強爲齋會，稱
之以公事哉？掌色所坐之前，又設一席，置硯匣，此則曹司之坐處也。齋
直唱"曹司"，則坐中最少年，上坐此席。】

173.

堂長幾人班首行，一三五七數無常。

齋任出言守僕告，紛紛舉袖逐聲忙。【旣定色掌，守僕更稟堂長幾
人，則掌議定其數，或一或三或五或七，蓋視參會者之多寡也。自班首
以下當之。數旣定，守僕先自其最下者告之，則輒舉袖；又次次溯而告
之，自下達上，則隨其聲，紛紛舉袖。小不及舉，則守僕大聲使之舉。每
齋任出言，皆如是，不但文具，殆同兒戲。】

174.

視堂長數定曹司，守僕高聲豫致辭，

"除他齋薦都陳設，序齒幾分次次爲"。【旣定堂長，以此爲曹司之
數，如一堂長則曹司一人，三堂長、五堂長、七堂長，則曹司三人、五
人、七人，循環爲之。於是守僕高聲曰："已定幾堂長矣。除曾經齋薦與
都陳設，曹司幾分，以序齒次次輪行可也。"齋直乃唱"曹司"，則最少年先

行，又有公事，則自其上次次行之，蓋古例然也。】

175.

曹司依唱跪前恭，齋任代時秉管形。

薦冊中人隨錄盡，可憐虛費紙重重。【以下詠齋任出代。○掌議將自代，或出同任，則曹司隨齋直唱，進跪於前，秉筆以待。掌議持齋薦冊，先呼所欲出之人，而東齋薦則以少論，西齋薦則以老論爲首望，其次則雜錯呼之，盡錄冊中之人。名在薦冊而不呼，則謂之"落薦"。薦紙或聯十數張之多，而其實則只第一人爲之，此豈非文具中可笑者乎？若不煩齋會，不費紙筆，而掌議自以薦冊中人，拈出自代與同任，則其爲除弊大矣。既曰齋會圈點，而莫敢異同，焉用是爲？】

176.

圈點先從最少呼，逆行次第似屠麻。

只看第一人名下，信筆低眉續續俱。【曹司既盡書薦紙，乃先圈於第一名下而退。齋直乃連唱"次""次"之聲，則其次以座次溯而上之。次次進跪於紙前，直圈於其下，更不得看第二以下人名而退。或有既圈而不見其所圈人之名者，可笑也。諸生既盡圈，守僕持薦紙與筆，上廳受堂長之圈，亦自下達上，既又受於色掌，皆無敢他圈。】

177.

最後還聽掌議云，每名聯圈應虛文。

曹司首寫"幾分"字，以下恩恩各"一分"。【守僕既受圈訖，乃受於掌議。掌議則聯圈於每名之下，以應虛文。曹司乃依唱而進，書"幾分"於

衆圈之下，第二名以下，則只掌議之圈，故各書"一分"。】

178.

三望移將小紙書，斜封謹署莫虛徐。

曹司馳去長官宅，"爲"字受來首望於。【掌議初呼三人，則守僕移
書於小紙，爲三望，斜封之。掌議着押於其上，曹司袖進泮長之家。泮長
書"爲"字於首望之下以給，則守僕持納新掌議。】

179.

相揖禮時起立齊，邀來新進駐庭西。

先將"某榜人名姓"，座上遍回紙上題。【以下詠相揖禮。○新進有
欲行相揖禮，則齋會時引進庭下，掌議以下皆起立。守僕先將"某榜生進
姓名"寫小紙，回示座中。】

180.

曹司忙下揖相延，廳上恭趨掌議前。

守僕贊儀齋直唱，低頭舉手拜尊然。【曹司下庭，揖以上之。新進
答揖隨行，直趨掌議前立，則守僕呼曰："齋直唱後行揖，而須去地一寸，
行禮甚恭也。"齋直唱"揖"，則又曰："直爲拜可也。"】

181.

當筵連唱厥聲長，色掌位先堂長行。

回身更向諸生列，相對東西施禮忙。【齋直又唱"揖"，則以次揖於色
掌及堂長，又回身東向，與諸生相揖。此之謂"相揖禮"也，然後得參食堂。】

182.

禮成守僕更揚聲，弗豫職名與庶名。

復問幾何年紀後，引參稱座共諸生。【既相揖，守僕呼曰：“若有職
名或庶名，則不得豫公事。”又問生年幾何，而序齒以坐之。蓋或有職
名、庶名者則雖相揖，亦不得與於士論也。】

183.

二百襴衫謁聖時，大相揖禮每爲之。

盡將“揖”字書諸榜，然後食堂入不疑。【生進放榜後第三日必謁聖，
掌議每行大相揖禮。守僕書“揖”字於草榜冊姓名之上，然後許入食堂。蓋
相揖者此時最多，故謂之“大相揖禮”。】

184.

館薦恒於都政前，執綱呼寫幾人連。

只看諸生圈點數，却將三望送東銓。【以下詠館薦古例。○古例每
於都政前一日爲館薦。掌議會諸生，呼寫幾人，諸生以次圈點，隨其多
少，擬三望，送于銓官。以此筮仕者亦多云。】

185.

薦既非公點亦私，銓家近日未依施。

不妨此舉于今廢，聊備後人說古規。【掌議之薦、諸生之點皆是循
私。故每當館薦之時，請囑紛紛，銓家亦漸不採施，當宁朝遂不復爲館
薦。而此是古規，故聊謾及之。】

186.

有時齋會輒論人，齋任出言守僕申。

滿座可憐皆默默，縱非公議亦因循。【以下詠齋任罰人。○齋任每
出言欲罰人，則守僕布之座上。雖非公論，皆默無一言，眞可憐也已。】

187.

曹司前跪衆人瞻，磨墨抽毫罰紙兼。

永削付黃與永損，厥名不一各隨拈。【罰人之時，曹司執筆，守僕
展罰紙於前，磨墨於硯。掌議呼罰名，大則永削付黃，次則永削或永損，
隨其所惡之淺深，以爲高下。】

188.

罰目還將八字題，有司掌議署名齊。

西一房前廳壁上，舊規新警望中迷。【罰目以八字爲之，旣書之
後，色掌及掌議，皆押署於其下。有司者，色掌也。於是守僕付之於西一
房外壁上，新舊罰紙蓋無數也。】

189.

大何鳴鼓示深憎，小事黜齋寓薄懲。

守僕備書無巨細，走通堂上以爲恒。【大何則鳴鼓。摘來食鼓，齋
直輩轉而打之，且呼其姓名，聲動泮橋，其辱莫甚焉。小事則只以黜齋
布言。守僕備書其曲折，走通於泮長及齋任。】

190.

解罰摘來壁上留，曹司執筆快爻周。

黜齋永黜初無字，勸入還將言語酬。【欲解罰，則摘來壁上罰紙，令曹司爻周之。至於黜齋及永黜齋，則初無文字，只以言語傳布，故於其勸入也，亦以言語。】

191.

齋會不參或黜齋，考憑到記以爲差。

直待無他公事後，紛紛相揖罷歸皆。【居齋生不參齋會，則或考到記，以施黜罰。而齋任曰"無他公事"，然後竝起相揖，各歸其所。】

192.

掌議兩人竝有窠，無由出代可如何？

別爲東一房公事，班首主張是日俄。【以下詠東一房公事。○掌議若無出代者，則班首爲齋會於東齋右第一房之廳，出掌議，謂之"東一房公事"。】

193.

曾經某某擬三人，首望爲之故例遵。

此子入來還自代，行公掌議是其眞。【東一房公事，必以曾經掌議者擬三望。既受"爲"字，其人卽入來，爲齋會自代，然後所代者乃得行公。蓋掌議必出於掌議之薦，故雖曾經者亦如此。】

194.

諸生發論更何如？ 每在食堂會坐初。

東西班首停當後，守僕遍傳走不徐。【以下詠諸生發論。○諸生欲
發論，則食堂會坐時，召守僕，送言于兩班首。兩班首皆可之，則謂之
"停當"，守僕仍遍傳于諸生。】

195.

上齋或警下齋懲，輕重要皆使自悛。

小如食損猶云可，大至黜齋亦足憐。【下齋生有過，則小而幾日食
損，大而黜齋。食損者不得參食堂，限滿則猶可復收；黜齋則以他人出
代，仍不得居齋，是可憐也。】

196.

生進紛紛謁聖時，殿前通謁下齋爲。

若當文武新恩謁， 生進曹司也不辭。【以下詠通謁。 ○生進謁聖
時，以下齋生爲通謁。雙立殿前，互唱"興"、"拜"，謂之"通謁"。若大科，
則以生進曹司爲之。】

197.

通謁東西雙作班，唱來"興"、"拜"强擡顏。

少年生進多規避，縱被黜齋亦不關。【通謁之役，眞所謂"爲他人，
作嫁衣裳"者，所以必欲規避。撞着而不爲，則必至於黜齋，而亦不以爲
意，不如初不撞着之爲愈也。】

198.

謁聖新恩耀泮村，巡堂舊例尙猶存。

桂花象笏盈門入，繞遍東西上下軒。【此詠新恩巡堂。○新恩謁聖
之日，以新恩服色，於食堂未勸飯之前，自西食堂門入，繞西軒，又繞東
軒，從東食堂門出，謂之"巡堂"。蓋故例也。】

199.

泮長初來謁聖先，曹司通謁古規然。

倫堂奔走大廳直，設着彩屏與綺筵。【以下詠泮長入泮。○泮長初
入泮，則必先謁聖，亦以生進曹司爲通謁。大廳直豫設屏、椅、筵席、
書案等物於明倫堂上。】

200.

幾抄升補聚諸生，堂上郎廳會坐幷。

守僕走催公事稟， 曹司隨去拜前楹。【大司成設行升補， 試取諸
生，則典籍數人亦陪坐。守僕引曹司，拜於廳末楹間而出，謂之"公事取
稟"。蓋亦古例，而未可知其詳也。】

201.

食皷旣鳴庭揖呼，階前羅列兩齋儒。

場中多士同時起，拱向倫堂濟濟俱。

202.

下立交椅敬禮操，烏紗、金帶、粉紅袍。

一聲唱"揖"盈庭揖，然後方看擧袖高。【齋儒及場中多士拱立，然後大司成下交椅拱立。下齋曹司兩人對立皆前，一人唱"鞠躬"，多士皆揖；一人唱"平身"，多士皆平身。大司成乃擧袖答禮。齋儒旣入食堂，大司成或入或否。】

203.

或值新恩謁聖辰，新來呼處吏聲頻。

幾箇戴花同進退，聳觀場內萬千人。【新恩謁聖之日，多設升試。多士入場之後，吏呼新來，一時進退於場中，蓋欲聳動多士也。】

204.

升補一年十二抄，被抄計畫賦詩交。

歲色暮時勤聖教，十人解額費推敲。【以下詠升庠等科。○每年設升補十二抄，以詩賦交試。而三抄內被抄，然後得觀四抄以後，計畫至畢抄，計最多畫十人，許赴監會。故大司成豫費商量敲推，以爲分排之計，而必待歲暮，然後自上申勅或特命泮長畢試，乃退之擧而爲之。已極慢忽，而又不以公道仰體，良可太息。】

205.

抑揚手段在其終，二上、二中與次中。

老論幾人少論幾，南人、小北各拈充。【十抄以後，則大司成必用抑揚手段，所欲與者，畫若不足，則連書二上二中以升之；所欲黜者，雖爲畫壯，直書次中以抑之。老論泮長，則初試十人中，老論最多，少論次之，小北、南人各與一窠，以充其數。少論泮長，則少論最多，老論次之。

分排彼此，各有等品。故爲士者亦奔走鑽刺，詆誣傾軋，無所不至。稍自好者不欲觀之，雖觀之，亦不得參。此豈勸獎作成之道哉？余嘗謂不如每於歲末，泮長拈出所欲與者十人，直以爲初試可也。何必冒寒設場，强出書題，使之呈券，然後不計文之工拙，妄書等題，以爲升降之地也哉？使識者觀之，豈不寒心於世道人心，而冷齒於兒戲文具耶？】

206.

四庠庠製四時因，教授分抄四十均。

待他泮長柝升榜，合製分排十六人。【庠製，每年四時，四學教授各取四十人，合爲百六十人，是爲被抄。升榜旣出之後，大司成設合製，取十六人爲初試，許赴監會，而其以四色分排者，一如升補。蓋教授之分抄，初旣無不出於私情，而泮長之合選，又無一不在於商量安排之中。自有科試以來，未有如升庠之可駭可笑者也。】

207.

四書、《小學》講生繁，四學均抄問幾番。

更看拔尤合製日，八人初解摠私門。【教授設庠製之時，又抄四書、《小學》之講合八十人。大司成合製之日，合講取四書、《小學》各四人，爲初試。此則無非勢家之請托，蓋爲會圍之地云。】

208.

講製迭行通讀科，明經士子競奔波。

式年會講十人外，講記留塡齋學窠。【通讀與升補幷行。初以講製被抄，乃以七書次第考講，又以論賦表製。取其最多畫十人，赴式年會

講；其次則爲講記，齋學有窠，則次次塡之。】

209.

式監、增、別士京鄉，丕闈庭爲二所場。

臺有三層中上下， 最爭要地兩槐傍。【凡式年監試、東堂、增、

別、庭試京鄉咸聚之科，皆以禮曹爲一所，丕闈堂爲二所。其庭有上中

下三臺，而最以上臺兩槐之下爲要地，爭先占之。】

210.

啓聖祠傍井洌寒，其名御井築堅完。

淸泉決決甘仍潔，釋菜特差守井官。【以下詠泮洞名勝。○啓聖祠

西北有井，石築，甘洌異常，名曰"御井"，水大旱不損。釋菜時，特差守

井官一員，取其甘且潔也。】

211.

泮村東北境多奇，巖洞林泉處處宜。

春來遍是桃花色，時露人家細竹籬。【泮村東北山谷間多奇境，若

宋洞、浦洞、御井洞等處，皆幽邃屈曲，遍種桃花，時有人家，望若仙

界。故春日多遊賞之客云。】

212.

白山餘麓碧松亭，鬱鬱千株作後屛。

春風携酒終南望，夏日披襟爽籟聽。【白岳之麓、明倫堂之後有高

岡，皆是喬松。號曰"碧松亭"，最爲人客遊息之勝地。】

213.

有岡西北望鄉臺，從古鄉愁向此開。

自是諸生爲客久，每當九日輒携杯。

214.

興德洞深隔一原，煙霞近接小東門。

無數夭桃垂柳裏，疏籬瘦井兩三村。【泮村東麓之外，有曰興德洞，平曠幽深，自作一洞。桃紅柳綠掩映村閭，而十畝之間，桑者閑閑，殆若山峽之中隱遯之流矣。】

215.

下馬碑南一路橫，泮村界限此分明。

如今立石標何處？景慕宮池菡萏盈。【舊時泮村，以自館峴至惠化門之路爲界。當宁朝立石於景慕宮前蓮池邊，以爲泮界，而蓮池以北，皆爲泮村云。】

216.

國之元氣士無他，士不士時國若何？

流弊難將一二數，古風堪歎似頹波。【以下，傷歎之辭。】

217.

官長由來但備員，輪回齋任亦皆然。

泮人本自頑無恥，況又諸生受侮先？

218.

此間儒士八方交，況復其中色目淆？

愛惡各殊勤洗覓，飛騰果下蹋蒲梢。

219.

西齋老論摠紛紛，獨也東齋三色分。

藥進南人下一北，下終少論自成群。

220.

士習漸訛吏隷欺，挽回古昔果伊誰？

大司成與執綱者，苟得其人尚可爲。

吟贈夕陽樓主人李奉事【秉淳】

夕陽閣下夕陽多，喬木寒聲奈若何？

寓目書當人舊好，照心氷似鏡新磨。

滄江客語樓雲水，野墅兒嬉洞薜蘿。

剩羨君今存一樂，勝吾九樂强名他。【李有江亭，號曰雲水觀。又
有鄉舍，妻子在焉，而京第則父母兩弟俱存。故詩及之。九樂，余以名軒
者也。】

代人次其隣人連年陞資設宴韻

壽躋九耋聖朝臣，諸子稱觴摠偉人。
鬢玉鬟金承命荐，恩山恩海逐年新。
地仙爭道公能享，天爵由來世所珍。
語到追榮方有喜，滿堂賀客艷嘆頻。

幼女鑷白髮，謾吟

幼女憐吾白髮多，纔看鑷去忽生俄。
極知無益愁中老，且免斗驚鏡裏皤。
種種始緣誰所使？駸駸漸至末如何。
鋤根每戒傷嘉穀，猶恐公然作一婆。

立春，戲作兩絕。蓋余褭甚，恒多腹無物目無見之時。故爲“滿眼”、“滿腹”之語，每句輒入，不嫌重複，聊以致新年祈祝之意云爾

1.
蒼旗滿眼瑞雲俱，春酒盈盈滿眼酤。
更有歡華眞滿眼，兒孫滿眼使人娛。

2.

滿腹機關不學蘇，文章滿腹與人殊。
但使鴟夷長滿腹，經綸滿腹胡爲乎？

又，作春祝。時方設産室廳，舉國顒望，蓋誕彌已至十四月云

青帝神功出震初，作離明兩化暉舒。
起聞異瑞與堯竝，使我欣欣舞草廬。

又。記夢

大鳥璿題厭兆明，沖天飛又驚人鳴。
曉來一室祥雲繞，花滿乾坤光滿城。

又。作祝語，示兒輩

難弟難兄爾兩兒，老夫志願止於斯。
晴窓永日磋磨地，爭道今年刮目奇。

東坡嘗作《饋歲》、《別歲》、《守歲》之詩。蓋歲晚相與饋問，爲饋歲；酒食相邀呼，爲別歲；除夜達朝不眠，爲守歲。今年除日，偶閱有感，聊幷次之

1.

四時遞流轉，氣宣五行佐。
有似過逆旅，誰能居奇貨？
人情饋遺尚，俗節歲時大。
競有迎門笑，曾無閉戶臥。
山珍與海錯，堆積貴人座。
寒士自寂寞，年年愧蟻磨。
交謫任家人，殆若負大過。
亦知古風美，奈寡《白雪》和？

右，《饋歲》。

2.

歲色堂堂去，欺人故不遲。
似送情人別，已發難更追。
不如且棄置，何用望天涯？
歡娛復幾日？飲食樂此時。
我能樽盈旨，君亦庖有肥。
相邀過里巷，庶忘送歲悲。
少壯不復來，醉飽莫相辭。
坐閱人世盡，但恐志氣衰。

右，《別歲》。

3.

五丁雖有力，但能拔蜀蛇。
羲和鞭六龍，終古孰敢遮？
倏爾今歲盡，奈此一夜何？
或恐睡中失，強作燈下譁。
乍喜宵漏遲，旋驚曉鍾撾。
兒耽雜戲共，翁嗟暮景斜。
欲守竟未守，萬事以蹉跎。
行見新歲盡，少年莫相誇。

右，《守歲》。

除夕偶吟

中宵塊坐默嘆頻，點檢平生百感新。
無奈不能隨俗套，強將酒脯賽詩神。

元曉口占【戊申】

花落殘燈北斗傾，新年消息曉鷄聲。
先稽筮卦將何決，後飲屠蘇却自驚。

童稚只知添齒喜，村閭猶致祝禧情。
春來好辦名園賞，幸我生丁世太平。

次泮齋諸人《除夜》韻

年分新舊五更中，是夜遊人白晝同。
酒脯祭詩憐賈老，琴棋守歲憶蘇翁。
漸看衰謝非前日，不復追隨問古風。
扶杖明朝歌聖化，近聞寬詔布山東。

上元

上元名節又晴天，村巷遊嬉摠可憐。
賣暑相呼馳竹馬，消災暗祝放絲鳶。
踏橋携酒今風是，結綵傳柑古俗然。
堪喜老農爭指點，春城月出驗豐年。

又。次泮齋諸人《元宵踏橋》韻

佳節眞同好友逢，洛橋携酒影重重。
光分遠岫炬迎月，響報新晴風送鍾。

憐我疏慵徒想像，羨君酬唱劇春容。
近霁勝景終難負，會待春花滿眼濃。

李寶佃來訪，喜占【二絕】

1.
佃也當今詩有聲，新春訪我洛東城。
袖裏長篇兼短律，蒼然古色使人驚。

2.
旣見渾忘未見愁，今年却憶去年遊。
新添檻下春江月，可復携壺上小舟？

賞春，用泮齋諸人韻

細路高低西復東，携壺春日共冠童。
煙迷草色天然碧，露浥花心分外紅。
人似相期名勝處，物能自得太和中。
莫言清興歸時盡，梧掛冰輪柳拂風。

楊花渡偶吟

纔到津頭船已離，行人未聚後船遲。
看看日斜風又起，平生萬事摠如斯。

外孫權氏子兄弟，一能讀書，一未免襁褓，忽俱化於一日之內。悼惜之懷，寓之於詩

我年五十尙無孫，長女生男愛所存。
豈意鳳鸞雙質秀，化爲蝴蝶一場飜？
籌留昨讀書空掩，啼斷晨聲臥有痕。
若不偶然還適去，那將此理問玄門？

偶占自警，十首【仍示兒輩。】

1.
誠正必先格致，脩齊然後治平。
條目猗歟井井，綱要大哉明明。

2.
終身可行仁恕，頃刻難去信誠。
義裁事宜心制，禮酌天理人情。

3.

思無邪一言蔽，毋不敬三字符。
柔制剛靜勝動，默摧辯忠消誣。

4.

夫道若大路然，何人多邪徑走？
宜勉登高自卑，休思落草由竇。

5.

工夫孳孳時修，心事謙謙日退。
惟恐微瑕莫知，不宜寸長自愛。

6.

七情惟怒難制，萬事非勤則亡。
所貴不遷不校，端宜無怠無荒。

7.

害物還爲自害，欺人未免內欺。
元來善惡由己，畢竟是非屬誰？

8.

天生民有欲亂，聖教我非禮無。
放縱定知難保，戰兢罔敢或逾。

9.

今學難如古學，做時不似說時。

除非人一己百，那免繆千差釐？

10.

天下達尊有德，人間樂事讀書。

然皆任他自暴，敢問厥故何居？

送別榮川金進士【象鍊】還鄉

鹽虀同苦十年前，忽謾相逢又泮天。

嶺上白雲牽客夢，嚶嚶谷鳥使人憐。

贈青松權進士【思復】、玄風金進士【重曄】。時二人適同在一房

嶠南二妙至，漢北一遊同。

靑挹寒松色，玄餘太古風。

盍簪黃卷討，傾蓋素襟通。

相視仍成笑，悠然意不窮。

贈羅州金進士【吉羽】

君家幽勝擅南城，上舍仍傳世世聲。

無花不具三三徑，有果誰能一一名？

書虹貫月牙籤富，劍氣衝宵寶匣鳴。

焉得移居相與近，理鞋載酒送餘生？【金上舍居羅州西門外勝地，
進士相傳已十一世，所居有奇花異草、珍果美實，無所不有，又有萬卷
書。余於人無所羨，獨聞此，却歆艷，有詩。】

聞館學儒生將上疏，遇嚴旨，捲堂，感吟

布韋請討逆，三歲十餘章。

迹賤猶憂室，義伸屢捲堂。

聖明應有意，冤恨竟難忘。

奉讀東朝教，至今涕滿裳。【自丙午文孝世子薨逝、宜嬪成氏喪事
後，朝臣及館學上疏，請討醫官及乳媼之罪。蓋以沖齡斷乳及紅疹熱劑
爲斷案，而凡此又必有使之者故也。▨▨宗室和之子湛忽▨▨王大妃下
諺教，以爲"兩次症形凡百，自初怪底，今則形迹畢露，而無一人討賊"云
云。故自初至今，儒疏幾至十餘，且捲堂空齋者數矣，而終未蒙允可究
治之命。故詩中及之。】

觀農

野色錯如繡，稻青復麥黃。
叱牛耕自若，携犬饁蒼茫。
細雨孤煙濕，微風小樹涼。
眼前多景物，緩步不須忙。

古木

古木臨溪濱，遙望疑是人。
白鳥下其上，方知見非眞。

倚杖

欲雨雲爲態，乍風日漏光。
晦明分野色，斜正任禽翔。
霧割尖峯短，溪搖小樹長。
幽人閑倚杖，將返却還忘。

馬上口占

村煙細雨裏，野色夕陽時。
羸馬逢鞭忍，小僮帶懶隨。
占詩看嶽久，和睡度溪遲。
底意輕風至，偏吹兩鬢絲？

趙狼川【懋】前年以七十二歲推恩，加通政資，今年又除僉知，自高陽入城肅謝。詩以賀之

墨銅馳譽幾年玆？緋玉今因壽得之。
通政大夫眞異數，中樞府事又僉知。
黃閣元勳垂祖蔭，靑雲妙歲蔚孫枝。
純禧暮境如川至，恩旨未應止一資。【前年八月，上幸陵園，仍設科於高陽，擢趙潤喆置上第，引見便蕃，恩寵優渥。回鑾後特命前銜七十以上加資，於是其祖以前任狼川，得陞秩。今夏又蒙實職之除拜，蓋以平壤伯之嫡孫，又因長孫之弱年登科，膺此異數。故詩中及之。】

次韻題花竹軒

洞劈艮岑軸轉坤，一區花竹擁危軒。
落月空庭留幻影，小車春日驗天根。

不廢我詩光照眼，可延客飲氣凌樽。

年來更飽山中味，蘆菔生兒芥有孫。

濯纓亭風景甲京江，余昔借居，近聞爲鄭尙書有

濯纓江榭迥，危磴俯明沙。

昔許寒儒借，今爲宰相家。

雲煙應變化，水石忽繁華。

積雨秋天霽，扁舟擬一拏。

代人次贈人韻

樓迥遙岑敵，簟清午夢宜。

無人曾敗意，有客可言詩。

自是疏狂態，俱非少壯時。

何當靑眼對，秋月問襟期？

膽老杜詩，病暑苦劇，有吟

爲膽子美詩，頗失午眠時，

執熱仍成臥，蘇秋未有期。

昔聞能已瘧，今見更迎醫。

舊癖猶難忘，朝來且閱披。

挽趙查【光錫】

曲塘荷浮，小窓桃灼，春暮月圓。

秦、晉好修，潘、楊誼篤，高嶽寒泉。

人事倏變，三年秋搖落。

千古凄然，一去難留。

獿堊止斲，牙琴輟絃。

汗騮氣奇，乘龍喜溢，餘慶德門。

堂獻壽卮，天降仙樂，恩寵便蕃。

歲律纔看，一飜倚兮伏。

淚迸聲吞，不盡追思。

儀容古朴，言行質敦。【煢女歸趙家者，三年；婿登第者，二年。而登第時有引見賜樂之寵，蓋以平壤伯之嫡孫，而年又十八故也。未及榮養，遽罹巨創，有足悲者。故詞中及之。】

菊花十月始開，時已雪

小盆栽素菊，十月雪中開。

蕭疏看冷蘂，疑是臘前梅。

村夜

一犬遠村吠，時聞人語聲。
隣舂自不絕，隙火照柴荊。

戲詠田家秋事。八首

1.

田夫喜有秋，刈稻引朋儔。
鄙俚恣諧謔，謳謠任唱酬。
磨鎌無使鈍，吸草有時休。
指點仍相語，“得如去歲不？”

右，田夫。

2.

農家年少婦，出野亦羞人。
逐伴恩恩步，裹頭箇箇巾。
犬隨遙饁午，鷄唱獨炊晨。
日暮恒先返，“兒飢啼必頻。”

右，田婦。

3.

村叟苦無睡，晨興但吸煙。
恐差今日事，喚起一家眠。
牽犢隨前澗，杖鳩望遠田。
"兒孫自勤力，只願飽殘年。"

右，村翁。

4.

村姆布裳短，齒空眼復昏。
曬禾收散粒，摘豆助晨飧。
夜碓隨諸婦，喧簷弄稚孫。
暮年多苦緒，時與隣婆論。

右，村嫗。

5.

兒童亦何識？秋後喜年豐。
隨鰪奔跳競，呼朋嬉戲同。
取魚梁竭水，驅雀矢拈蓬。
每候隣翁睡，偷來蚪卵紅。

右，村兒。

6.

民多無本業，秋後乃如狂。
村老時時乞，山僧處處忙。

滯遺伊寡婦，果酒又諸商。
最怕深宵裏，偸兒暗伺傍。

　　　　　　　　　　　右，乞客。

7.

霜落黃雲野，主人處處監。
斗量分剖細，束數照憑咸。
談古心嫌小，防奸視不凡。
午盤鷄酒爛，猶得慰窮饞。

　　　　　　　　　　　右，監者。

8.

無田食人土，秋屆割黃雲。
用盡終年力，輸他一半分。
欺偸嫌小小，零剩喜紛紛。
藁秸留餘粒，猶堪詑細君。

　　　　　　　　　　　右，作者。

客贈一鷄，報曉，旋失之，悵然有吟

赤幘何昂昂？故人贈草堂。
暫穿籬落去，已被隣家攘。
失曉愁難破，鬪雄勇可忘？

名呼蓋阡陌，安得學尸鄉。

夢裏頻拜天顏，感成絕句

紫禁青春未點班，紅雲一朵隔塵寰。
夢中每識君王面，還似家人父子間。

聽酒槽聲

壓酒小槽上，愁人耐可聽？
春山穿竹溜，夜雨響簷鈴。
滴滴添詩興，微微送菊馨。
朝來謀一醉，安得友忘形？

每日日斜時輒聞賣油聲，戲吟

一聲午後賣油翁，每日聞來覺日窮。
這裏漸看雙鬢改，不如掩耳任朦朧。

元曉口占。今年余四十九歲。【己酉】

豈不惜歲暉？且喜減寒威。
一任鷄多事，頻聽馬若飛。
文章道德未，四十九年非。
病裏宜岑寂，何妨客遂稀？

立春日，忽憶少時以六甲中四字押，賦五律，仍又漫成【立春在寅
月寅日故云。】

東帝乘雲降，月寅日亦寅。
呼朋謀醉共，開卦卜休申。
黃卷抛雙酉，青絲對五辛。
土牛將綵燕，自古樂佳辰。

春帖

青帝由來不我憐，謾勞春帖迓年年。
而今羞作從前語，儻許沈痾自脫然？

代人次人韻

二妙聯翩踏雪來，山窓今始爲君開。
高談却向論心細，喜氣偏從講學回。
香迸梅花宜暖屋，波生竹葉可深杯。
盍簪麗澤成眞率，勝會休敎俗客猜。

贈趙先達

丙午之春，老夫之女歸于君。君時年十七，越明年丁未，擢
文科，門闌之喜氣可知也。旣又念君早歲發軔，榮途前程萬
里，不可少忘勤謹，或底蹉跌。乃作古體五十韻，不徒賀之，
而又戒之勉之。儻能不孤此意也耶？

驊騮汗血早，豫樟出地奇。
已占追風足，自有拂雲姿。
有美趙氏子，豐下仍疏眉。
弱齡揚王庭，萬里軔自茲。

乃祖平壤伯，豪傑出爲時。
聖人膺天命，翊贊非公誰？
丹書配蕭、曹，黃閣作皐、夔，
淸廟從與享，血食於萬斯。

爾來四百載，冠冕頗不隳。
君是嫡長孫，年纔免佩觿。

上之十一年，幸陵秋有期。
駐蹕高陽郡，試士命有司。
風雲繞帳殿，龍蛇動旌旗。
斯須呼壯元，爭睹寧馨兒。

中秋明月下，燭燎影參差。
天顏一解春，嘉乃夙成儀。
伊時進退賦，不讓《七步詩》。
艷賞傾班行，聳歡聚卒厮。

歸家亟反面，御墨猶淋灕。
斑衣慶重侍，上堂色愉怡。
賓客競來賀，孝哉同一辭。
十八袞然首，從古罕有之。
不待宣金榜，聲名滿京師。

翌朝回玉鑾，復召紆洪私。
梨園第一部，曰汝盡日嬉。
老祖蹜七峽，特賜通政資。
聖主不世恩，儘是超等夷。
爾身非爾有，何以答殊知？

去歲莫春者，我家禮結褵。
君時為嬌客，容止已中規。
重厚無挑達，深沈有守持。
喜怒曾不形，迥出俗子癡。

每謂非小器，終當享純禧。
踰年果大闈，遠到從此基。
老夫喜不勝，善頌揚賀辞。

古人贈以言，而我亦多思。
少年一不幸，昔賢豈我欺？
富貴誠在天，禍福乃自貽。
休為進取躁，肯被時俗移。

早免累科舉，正好勤唔咿。
經傳苟服膺，受用無不宜。
事君忠必盡，臨民政應慈。
由此推其極，何難佐皡熙？
德可一世仰，名將後代垂。

世變日層生，末路多嶮巇。
出門慎交游，勉爾毋詭隨。
戰兢如履冰，濡染戒遊睢。
塡壑慾詎留？拔根驕莫施。

翩翩鳳瑞世，蕭蕭鴻漸逵。

任重道且遠，請君行勿疑。

人有以強韻詠梳者，余聞之，尚不禁少時習氣，聊成二首

1.

刱制赫胥妙智淵，先於黃帝作車船。

尖叢狀似磔毛蝟，老竹材同造紙鳶。

背畫蛟龍紅綠爛，頭粧骨角漆膠煎。

爬痒理亂均黔首，利澤無窮暨越、燕。

2.

蝨處髮中似藪淵，殲鏖難可用車船？

刻削心勞治白象，抉爬功邁破朱鳶

掠鬢已看垢穢盡，清神不待沐湯煎。

還同適越資章甫，持此無須向薊、燕。

哭姊氏

自我失兄只一姊，今年又哭柰斯恫？

有兒有婦誰云樂？無食無衣病祟窮。

兩代三喪吁亦酷，數間小屋倏焉空。

爇鬚煮粥嗟難復，隻影徘徊淚灑風。【姊氏喪及甥姪夫妻俱歿於數

旬之間，寓居汾津小屋，更無人焉。情境慘切，行路亦唏，況於姊弟之間

乎？況於終鮮之後乎？況於垂老之際乎？】

哭李甥日燮

憐爾今纔卅八齡，未成宅相遽凋零。

王充目閱千籤市，白傅手勤七架瓶。

萬里虛期風破浪，一身長似水浮萍。

秋來不忍重經過，此地應流舊拾螢。

竹林權公【山海】平日喜讀《伯夷傳》，及端宗遜位，六臣伏節，乃
投閣而死，坐削官爵，全家徙邊。至六臣被褒贈之旨，無人陳
達，獨漏焉，蓋闕典也。今年其後孫宗洛持其遺事，走京師，圖
叫閤雪冤。人多贈以詩章，余亦續和

孤竹清風灑竹林，書中曾獲古人心。

越山萬疊思何極？蜀魄三更恨自深。

欲與六臣同一死，可憐高閣擲千金。

褒忠獎節昭彝典，早晚丹墀下玉音。

權宗洛果上言，特命復【山海】宗簿僉正官。人又賀以詩，仍步其韻。二首

1.

公死于今四百年，重書官秩荷仁天。
彩鳳含綸恩曠世，紫鸞回紙事光前。
也知北闕憐孤節，不獨西湖數六賢。
兄水粤山相映碧，大名宇宙萬人傳。【兄江是權所居。】

2.

公於是日亦生年，紫誥重宣自九天。
忠魂尙鬱明陵世，仙籍今還丙子前。
聖人特許夷、齊節，四海初知孝孺賢。
料得六臣從地下，泣擎恩綍誦相傳。

丹丘權上舍昌愈，示余《鄭公忠烈錄》一卷。記鄭公遺事甚詳，且載哀挽之詞，而就中爲《激昂歌》者居多。余惟其忠烈，其功奇，其死後襃贈有無憾焉者，俱不可以不表揚之也。於是謹依其體作三疊，以寓慷慨擊節之意云爾【鄭公乃金堤郡守鄭湛也。當壬辰倭變，率郡人樹柵熊峙，以與賊戰，對酒食，必下戀君淚，刻姓名於衣裳甲胄曰"我死，庶以此知爲我也"。及賊大至，公所射殺過當。有白馬將，擁紅旗馳突，公一箭斃之，賊氣死欲遁。會公軍中有叫"矢盡"而走者，公大呼責以義，且曰"若必走，留若箭"，其人竟不顧。賊遂圍而攻之，公矢盡，猶奮梃廝

殺，力竭乃死。賊由是大驚，不敢踰熊峙而西，聚熊峙衆屍，作數大塚，書曰
"弔朝鮮國忠肝義膽"。西厓柳相公成龍白上，贈參判職，後又旌其閭。寧海
等數郡，皆立祠以俎豆之。】

1.

撫劍歌激昂，激昂云誰思？

天生烈丈夫，乃在板蕩時，

慷慨殺其身，萬古扶綱彝。

熊嶺取熊非一朝，名鑴盔甲淚添巵。

壯氣直射重霄虹，走却攙搶如鞭笞。

歌激昂，使人悲。

2.

撫劍歌激昂，激昂云誰思？

人知公心烈，不知公功奇。

一箭白馬將，驚血濺紅旗。

遂令當日賊膽破，全州獲全非子誰？

大唐中興睢陽戰，南朝一人侍郎屍。

歌激昂，嗟男兒。

3.

撫劍歌激昂，激昂云誰思？

忠臣豈爲名？旌贈非是私。

賢相入告后，恩綸次第垂。

大呼不顧彼何人？忠肝義膽虜亦知。

宇宙臣臣死不死，風聲永樹鄉人祠。

歌激昂，君莫噫。

代人和其宗人詠其先祖熙寧君受賜琴。 三首【○熙寧君，太宗王子也。太宗嘗賜熙寧君琴，熙寧後孫在醴泉琴堂谷，至今傳守。英宗戊子改絃，有詩詠其事，其在畿宗人追步。】

1.

上界瑤徽降溢埃，世間希寶劫灰回。

尋常肯許凡人聽？尺寸元憑巧匠裁。

宣鬱神機由調逸，立廉妙化在聲哀。

耽奇好古皆知愛，況是雲仍繼後來？

2.

天機含得水山吟，王子何年受此琴？

傳來舊匣香如在，張出新絃響不沈。

猶疑《白雪》飛瑤軫，却憶彤墀下玉音。

一派銀潢千萬世，鮫珠長灑睨中心。

3.

南風薰殿太宗辰，霮賜孤桐御府珍。

弊予又改承先志，寄語琴堂洞裏人。

聞抄啓文臣課試，御題古詩，以"擁盾行"命之，而押韻則用"擁"字，一時詞人多聞而賦之者，乃成一篇，沒其韻

鴻門屹屹多殺氣，日盪花礎迷畫栱。
帷中壯士玄狼精，座上眞人赤龍種。

臣有一盾隨臣身，若干尺長若干重。
鼻上不曾花墨磨，手裏時兼長劍慫。
公侯干城赳赳夫，誓將此物酬恩寵。
曾向芒、碭山上携，又入咸陽宮裏捧。

英布一拳函關碎，羽軍自號百萬擁。
大酒饗士期詰朝，細人無傷爲慫慂。
迺公來謝從百騎，蹢躅履虎目皮恐。
增閃寶玦雲霧晦，莊擁白刃神鬼悚。
伯也翼蔽何足恃？此時有人皆偶俑。

招我和門語細細，子房智如抽獨蛹。
危哉迫矣不可緩，勃勃精爽與骨聳。
橫帶秋蓮岸裂苞，怒膽輪困先賈勇。
"盾乎與爾同死生"，擁之斗覺肩背竦。

龘拳已無森戈戟，壯氣直欲崩山冢。
闊步大踏便直入，星翻電激誰敢壅？

擘開青油蹴華筵，猛虎決踣爐金踊。
倒張竪髮蝟毛磔，圓睜血眥赤泉涌。

"將軍斗酒倚盾傾，將軍虓肩橫盾奉，
將軍莫謾勸復飲，臣今有死不旋踵。
將軍且莫嫌太矗，跅弛之士類馬㼈。

秦家殺人如不勝，所以天下方病腫，
受命懷王共戮力，或戰河北或皋、鞏。
吏民府庫待將軍，沛公功高入關、隴。
當賞不賞讒則售，彼何人斯微且矗。
與亂同道安足取？殷鑑不遠驪岑塚。"

仡仡八尺立自若，凜凜一譙言豈宂？
折爾東向乍股玩，翼彼南坐如星拱。
絕臏刳腸臣不論，況肯俛首甘闟㹀？
不但恃此捍敵物，休道危若冒巢蚛。
且可愚汝君若臣，準備玉斗與璧珙。

材官小臣公莫舞，我欲撞破鍾上甬。
右衛龍且氣自摧，左斠陳平心暗恫。
陰謀堪笑血成覭，禍機潛消水激碀。
噫！
干戚未解平城圍，長教單于飫酪湩。

映波亭十景【暎波亭在夕陽樓園，戊申重修，請余賦十景。】

1.

紫閣蒼林昏後，小光殘點雲端。

分明一二三四，解報國家平安。

　　　　　　　　　　　　右，南岳夕烽。

2.

百尺青門日暮，數聲畫角秋生。

片月清同鶴唳，微風雄象龍鳴。

　　　　　　　　　　　　右，東門暮角。

3.

橋橫綠野一水，柳拂黃金萬絲。

張緒風流可愛，陶潛門巷易知。

　　　　　　　　　　　　右，午橋細柳。

4.

青輝髣髴華蓋，勝友招邀蒼髯。

昂霄勁節傲雪，出壑清風排炎。

　　　　　　　　　　　　右，艮岑長松。

5.

清泠溪水屈曲，撩亂女娘擊漂。

香風時送笑語，玉腕不勝輕嬌。

右，前溪浣紗。

6.

松江不待舟泛，錦里剩能園收。

自多徑寸佳實，何須千樹等侯？

右，後園摘栗。

7.

紅粧翠蓋稠疊，白露明珠碎圓。

輕風一陣來處，浮動清香自然。

右，方塘荷香。

8.

綠猗色動晚涼，蕭瑟風吹細香。

可愛幽窗陰密，更看落月影長。

右，短塢竹陰。

9.

遠樹依依村落，孤煙裊裊晴暉。

拖去青山一抹，何來白鳥雙飛？

右，遠村晴煙。

10.

天孫織霞成綺，全匹掛曝朝暾。

向晚收歸香案，赤城猶見餘痕。

右，晚郭殘霞。

雨中偶成

竟夕垂垂雨，書空咄咄身。

始知名在勢，誰謂病非貧？

天意迷培覆，世情任笑顰。

祇應隨海客，鷗鳥日相親。

秋聲

秋聲何事忽蕭然，偏到山翁病枕邊？

月色頓添今夜白，蟲吟爭動一機玄。

也知天道成功去，自是人心逐物遷。

坐看年華隨逝水，玉壺如意揔堪憐。

秋氣

秋氣颯然至，今朝使我驚。
蕭疏搖柳葉，淒裂動蟬聲。
雲廓天增遠，渚空水邃清。
古來悲烈士，何必不平鳴？

小憩

每趁鍾聲向泮林，時時流憩道邊陰。
可憐景慕宮前水，雪碎玉鳴爽我心。

自嘆

朝暮頻來往，吾生迄可休。
恐泥須屐齒，執熱逐池頭。
敢道英雄賺？還羞口腹謀。
何由雲水地，倚杖聽農謳？

景慕宮池，蓮花盛開

景慕宮前沼，天然出水花。
紅粧交翠蓋，明鏡倒妍霞。
香逐微風動，色宜落日斜。
明珠還滿眼，急雨助繁華。

訪沈憲之，不遇

澗路斜通小石橋，柴門一犬吠寥寥。
案有《黃庭》爐有篆，主人何處《紫芝》謠？

題桐葉，寄夕陽樓主人

嶽色今朝雨，林聲昨夜秋。
題詩桐葉上，寄與夕陽樓。

贈友人

有客瘦如我，相逢華嶽天。
交情殊淡若，詩色自蒼然。

落月留前夢，秋風繫小船，

蒹葭白露處，重聽水山絃。

贈泮村少年

俗流少似爾，杯酒每相歡。

古道論心細，新詩刮目看。

山空林籟動，秋霽月輪寒。

且可遊方外，休歌行路難。【首句一作"爾家臨璧水"。】

峽流

懸流急峽勢縱橫，隨地成形異色聲。

爭能拔石投何處？輒欲向人噴不平。

雷霆靜聽深深鬪，氷雪長看碎碎輕。

四顧沈吟頻駐馬，夜來還恐夢魂驚。

石破嶺白雲甚奇

朝登石破嶺，雲起雨初收。

銀海茫茫白，青山點點浮。

眼前失萬壑，空外聽群流。
却似鴻濛世，臨危未覺愁。

火田

峽氓利火田，闢盡衆山巔。
絶壁無遺土，連峯起宿煙。
只餘循脊樹，猶限掛巖川。
耕者渾將倒，遙看覺凜然。

峽中

一山纔破一山遮，古樹寒煙帶落霞。
細路縈崖崩石亂，短簷臨水小帘斜。
家家夜照松明火，處處雲迷木麥花。
峽老不知塵世事，今年且喜熟禾麻。

峽行途中

朝日初升萬象咸，輕嵐猶自濕征衫。
流來一理風過草，幻出千奇水遇巖。

細鋪畫圖分稻麥，簇排戈戟攢松杉。
停鞭却羨滄江叟，高臥秋風掛小帆。

暮煙

出屋敷孤穗，裊空映細紋。
綿綿添谷靄，冉冉學山雲。
近水頗搖曳，隨風忽郁紛。
蒼然村樹裏，光景最宜曛。

和李友景質《春日遊北渚》詩韻

山家如畫望依微，碧柳低垂白竹扉。
北渚水流魚自戲，春城日暖馬如飛。
歸鳥悠悠穿岫靄，落花片片點人衣。
羨君詩思酬風物，飽得奚囊意氣歸。

田家秋事。六絶

1.

守禾兒走野，舂米婦過隣。

老翁隨月色，絢索備束薪。

2.

黃牛臥齕草，白狗坐羨飯。
磨鐮白如霜，蒼茫野色遠。

3.

長男耕麥去，中男載禾來。
稚兒絕田水，漉得白小迴。

4.

少婦庭鑿米，長婦井垂瓢。
幼女止兒哭，"籬外有斑貓"。

5.

秋來苦無暇，晨起到深夜。
西岸收蕎豌，東陂穫穤稴。

6.

天雨不出野，在家還多事。
老翁織蒿篙，少年爲草履。

小犢

小犢先其母，芒芒走縱橫。
却被蘆花隔，回頭忽一聲。

蘆花

登高俯江干，忽然十里白。
不知蘆秋花，疑是雪夜落。

曉臥村中，聽鷄

西鷄先唱東鷄隨，南北鷄聲次第馳。
處處群鷄仍不絶，小鷄鳴是爽明時。

哭權景仁

棲遲人共厭，談笑子眞能。
胸裏無畦畛，樽前有友朋。
詩聲騰似鼓，身計冷如氷。
璧水秋風夜，忍過酒肆燈？

代人次人《首尾吟》。三絕

1.

秋風吹掃駱山陽，滿地蕭蕭落葉黃。

賴有菊楓粧點得，幽人對酒興偏長。

2.

幽人對酒興偏長，錦繡成堆宛在央。

不可此間無好友，良辰共醉足清狂。

3.

良辰共醉足清狂，此處誰知是帝鄉？

隨意呼童移坐席，秋風吹掃駱山陽。

秋深

秋深木落石泉淙，刻轢風霜巧琢攻。

天地肅然渾義氣，江山宛爾始眞容。

激昂烈士歌《三疊》，惆悵騷人意萬重。

可是菊楓粧點妙，夕陽哀壑倚疏筇。

長嘯

秋聲蕭瑟滿長安，落木哀鴻倦倚欄。
紅葉爛交黃菊映，蒼松好帶白雲看。
非無處處逢佳景，叵耐駸駸入大寒。
缺盡玉壺心未已，劃然長嘯響林巒。

十月初四日，將遷奉永祐園於水原，路由蠹島，江浮橋。是時天氣和暖，余於館儒班哭送，口占短句

大輿浮橋渡，長江平地過。
雨收山映日，風靜水無波。
聖孝應潛格，冬天遂爾和。
仁聲說溫幸，是處淚偏多。

浮橋【橋用各道兵、防船七十六隻，橫比截江，以葛索纏固。然後上用檣木之屬密鋪，以大鐵釘釘之，又以竹木板子等物，縱橫釘着，上加芭子，覆以莎土。皆云："比結舟，用舟少而甚完固。"】

聯亘艨艟鐵鎖重，上鋪竹木密橫縱。
莎土真成平地坦，波濤忽失大江洶。
風皺列旗迷彩鷁，水明落日見青龍。

共祝靈輿穩過後，長瞻旄羽是橋從。

補簷爲風雨所破，戲吟

簷短常嫌雨打窓，敎兒挿竹界分雙。
會事天風掀拔去，靑山依舊似旛幢。

曉過村邊，記所見

小窓蠟紙透紅光，影得佳人坐燭傍。
應知獨夜無眠處，默念征夫踏曉霜。

不知身已老。三首

1.
兒童戲紙鳶，乘風入九天。
不知身已老，還欲睹爭先。

2.
兒童折園花，挿頭競笑謹。
不知身已老，還欲把歸家。

3.

兒童好秋千，影亂垂楊邊。

不知身已老，還欲作半仙。

笑彼。三首

1.

笑彼小童子，大聲不自揆。

縱使裂其喉，終不似壯士。

2.

笑彼彫朽木，青黃色悅惚。

縱使極其華，終不似寶物。

3.

笑彼婢子身，威儀自彬彬。

縱使有風致，終不似夫人。

立春

生菜春盤細送絲，竹窗寒盡麗暉遲。

緇塵誰羨朱丹轂？清簟時看白黑棋。

浩蕩千秋空自競，陶均一氣本無私。
心閑地僻稀過客，好把詩書課兩兒。

又。戲作祝體

小窗春日漸看遲，鳥咿人稀午睡宜。
天上麒麟隨吉夢，老夫無事好含飴。

除夜偶吟

四十九年非，已往不可諫，
庶幾來可追，莫云"歲旣晏"。

元曉有感【庚戌】

五十年光倏若飛，默思四十九年非。
詩書禮樂駸駸失，孝友睦姻事事違。
只爲青春多暴棄，何曾素志在輕肥？
此生永負純深訓，獨對殘燈淚滿衣。

李右尹【命俊】挽

純愨因天賦，老成有典刑。
刀恢頻莅郡，羽漸夬揚庭。
政喜輝卿月，翻驚晦壽星。
斯人難復見，衰涕不禁零。

挽趙僉知【楙 ○二首】

1.

閑閑十畝管煙霞，白髮蒼顏享福遐。
容人厚德非今世，開國元勳有故家。
口碑東郡曾分竹，齒爵西樞更判花。
腸摧愛刃天胡忍？尾缶翻驚大耋嗟。

2.

西嶽崚嶒聳孫峯，門闌喜氣近乘龍。
山河不隔通家誼，棋酒猶持敬老容。
福祿川增方祝慶，音書歲暮忽承凶。
城隅臥病空違紼，淚灑東風意萬重。

春雨

映空春雨細，聲色却虛無。
山嶽新添畫，樹枝忽綴珠。
絲紋因屋見，風勢與煙俱。
暗裏催生物，天機自妙符。

登南山蠶頭

高坐南山第一峯，煙花闊展萬千重。
若爲借得樵夫斧，斫却面前三四松。

遊宋洞。二首

1.
春光宋洞好，是日共冠童。
山出浮煙外，城低亂樹中。
樓臺眞繪畫，花柳極玲瓏。
似供吾人樂，方知造化公。

2.
巖平松古坐疑仙，極目春光媚遠天。

景慕宮中花作繡，朝陽樓外柳橫煙。

市朝咫尺真烏有？雲鳥迷茫摠自然。

却羨主人成大隱，三公不換送殘年。

北渚洞

洞裏桃花滿，村中澗水馳。

拂枝香襲袂，臨石影搖池。

眼醉何須酒？神癡未暇詩。

遊人喧日夕，俱是樂平時。

泮路偶成

不窮寧有此？雖老亦徒然。

且可隨吾分，誰能問彼天？

端午內賜二扇

聖恩霑璧水，新扇出金鑾。

題處雙封濕，搖來五月寒。

不勞携白羽，堪比賜青團。

縱使秋風至，還從篋裏看。

戒言

少時習氣未全忘，尤悔如山每自傷。
從此緘唇仍結舌，免教長在是非場。

小坐

乘涼成小坐，謝客得眞休。
庭蝶伴探藥，林蟬急報秋。
雨餘皆換面，酒後忽生愁。
萬事從他懶，殘棋爛不收。

七月旣望，樓上翫月，呼韻同賦

雨餘涼月小樓間，蟲語人聲摠是閑。
別有望中奇絶處，薄雲數片畫遙山。

途中隨見口占。氣候各異，摠爲十三首

1.

匏葉蒙矮屋，青山混一色。

忽然數點煙，搖曳散南北。

2.

山邊數點白，疑是素衣人。

移時終不動，方知立石麟。

3.

野叟行相遇，倚筇稻隴中。

不知何笑語？應是樂年豐。

4.

山塞疑無路，洞開忽有村。

柳川提甕競，楓岸採樵喧。

5.

逢人問道里，遠近各相異。

始知天下言，難窮非與是。

6.

小廚歇午煙，餉婦向山田。

稚子將黃犬，豫先走在前。

7.

黑雲迷遠浦，白雨滿前坡。
行客促鞭馬，野人忙戴蓑。

8.

白日掛西岑，微波忽似染。
半江碧瑟瑟，半江紅閃閃。

9.

樵人歌盡意，響答前山空。
落日微風過，紛紛木葉紅。

10.

蒲葉長而柔，微風更不休。
忽見蜻蜓坐，欲留不自由。

11.

爲愛風光好，不知山日昏。
遙看一點火，應有隔林村。

12.

柴扉忽犬吠，驚起主人瞠。

竹林山月滿，風動時聞聲。

13.

渡頭踏曉色，鷄唱月朦朧。
蘆花渾似水，熟視恸驅驄。

元子誕生之百日，多士會于丕闡堂，設酒食絃歌，各和辛丑、乙卯諸公志喜之詩。 故忘拙謹步，以寓抃蹈之微忱【是日卽庚戌九月二十九日也。辛丑，肅廟誕生之歲；乙卯，景慕宮誕生之歲。辛丑，金相國壽恒，賦詩志喜，用此韻；乙卯，金相國在魯、尹文衡鳳朝，又步其韻。故今亦和之云爾。】

虹井祥符五老庭，是年今古聖人生。
令節九秋當百日，歡聲八域頌重星。
久沐恩波嗟我士，却開酒席見群情。
碧松亭下南山觶，更誦周詩祝壽齡。

十月菊花盛開，把酒戲吟

東坡十月作重陽，荷麓千秋更舉觴。
世人只解尋佳節，不問黃花吐晚香。

冠子日口占

總角居然弁突而，錫之嘉字命之辭。
古經最重成人始，今日須知景福基，
愼爾威儀如有意，光吾門戶定無疑。
貧家更願迎佳婦，鳴雁嗈嗈已卜期。

冬至後，內賜曆書，親受熙政堂

冬至還無曆，春來恐不知。
偶然因應製，偏自荷恩私。
寒士猶頒朔，窮村好驗時。
天香携滿袖，蓬蓽詫妻兒。【落句，一作"區區珍愛意，匪女美人貽"。】

除夕

忽如今日短，誰道一年長？
磨蟻無容已，鏊蛇有底忙。
居然成濩落，無奈失文章。
却羨兒童輩，喧呼守歲場。

辛亥元曉

搔頭坐清曉，萬事一心中。

已送知非歲，翻成望六翁。

水流應不息，雲出故無窮。

爲問今年內，幾番雨更風？

元日翌日立春

昨日是元日，新春乃立春。

差遲花照眼，已喜暖隨人。

黃卷宜雙酉，青絲問五辛。

老夫昔慵起，今却坐清晨。

人日偶吟

孤吟人日意蒼茫，誰復題詩寄草堂？

宇宙寥寥千百載，天敎高、杜擅文章。

安進士【有相】挽

1.

古心兼古貌，今世有如公。
欲唾欺人輩，獨持直己風。
經綸藏篋裏，義理在胸中。
遺業傳賢胤，颺聲定不窮。

2.

我無人識面，公獨友忘年。
慨世時傾綠，論文每入玄。
殘燈芹水夜，細雨杜陵天。
草色添新感，春來也自然。

欲試脚力，從兒輩巡城，至北嶽口占

撥悶臨東陼，隨人陟北岑。
鑿巖容半足，緣木俯千尋。
頗失遊觀樂，寧忘戒懼心？
終南雖峻險，比此是平林。

應製賜米【時連兩次入格。】

盛禮偏紆泮，微詞豈感尊？
頒緡瀛館士，輸米養賢門。
渾室生和氣，隣人艷異恩。
天香滿雙莽，寒谷頓回溫。

柳絮

柳絮漫天飛，疑是雪花亂。
蝴蝶亦何心，翩翩舞作伴？

應製後，入侍熙政堂，宣醞賜《鄒書》【宣醞時以雙杯迭飲。余居首，故受賜書。】

扇開雉尾唱鴻臚，日射金門拜玉除。
布褐亦隨冠冕入，袞褒仍及御批餘。
淪肥浹髓雙杯酒，遏慾存天七卷書。
可喜貧兒成暴富，聖恩雖重柰才疏？

往在己酉，嶠南權碩士宗洛，鳴其先祖竹林公【山海】冤，得復爵，余以詩賀之。竹林乃與端廟六臣同時殉節者也。今年又以多士上言，蒙旌閭贈職之恩，甚盛舉也。更贈短律，聊以歌詠聖代樹風聲之美典云爾【宗洛，慶州人。】

公議年來幾叫閽？溫綸取次慰忠魂。
泉塗改照黃麻誥，宅里生輝赤角門。
可獨賢孫誠孝感？眞蒙聖主獎崇恩。
祠前鴨樹抽新葉，遙帶子規樓月痕。【順興邑內，古有銀杏樹，枝葉延數里。端廟朝忽槁死，卜之曰："鴨樹復生，興州可復。"蓋銀杏名"鴨腳樹"，而"興州"卽順興也。時莫曉其意，已而有錦城之禍，革興州屬豐基，肅廟朝復端廟位，又復興州。前數年，其枯蘗之下，忽生芽蘗，日漸茂，其根柢所布及，咸叢生成林，儘千古異事也。竹林復爵後，宗洛歷其下，乃口祝而斫其二枝以行。興之距慶，四百餘里，而宗洛之行，適迂回，一朔僅達雲谷祠。雲谷祠者，權氏始祖太師公之祠，而竹林之所配享也。宗洛視其枝，理拆皮脫，無生氣，迺挿之祠前，衆咸大笑之。已而果生，今三年頗盛云，無乃殉節諸人忠烈之氣所感而然耶？古亦有若萊公竹者，其理固不可誣也。又今年得子規樓舊基，重建之，聖心曠感，恩典靡所不及。故落句及之。】

敬次御製御筆賜蔡相國詩韻，呈蔡相國

雲漢昭回鉤索勣，異恩驚艷幾公卿？

順風正看鴻如翼，《大雅》元知駿有聲。

契密明良丁道泰，名傳家世主詞盟。

勑天廕載千秋後，恭喜于今却盡生。

嶺南金上舍【龍翰】爲余言"其師香山徐進士【錫麟】，掌令甄之後也。其喪親也，廬墓六年，有大虎每夜來伏山下；癸丑大歉，僧適負其行裝以行，盜群聚欲劫之，聞其爲徐孝子物，乃脫其衣以與僧，僧亦不受，相持者久之，皆感物之異也。平生用工於'勤'、'謹'、'忍'、'默'、'和'、'緩'、'安'、'詳'八字，有著述十餘卷。晚年混迹漁樵，自號睡聱'，旣沒，鄉人爲俎豆之"云。權進士煒詩以詠之，和者甚多。余亦步其韻，以贈金上舍【徐掌令无后，而此乃云爾，是未可知。】

高麗掌令世皆知，公以雲仍獨遠師。

漁樵指點香山社，鄉里咨嗟畏壘祠。

廬墳虎跪攀號地，劫槖盜行揖讓儀。

八字深工留十卷，門人爲說講磨時。

應製又居魁，賜送御定《八子百選》

飛鞚瀛仙壁水橋，溫綸隕自九天遙。

四騈六儷成中夜，《八子百篇》睨一朝。

誦讀文章唐又宋，詠歌恩德舜兼堯。
《鄒書》却憶曾叨賜，熙政堂中間百僚。

辛亥四月

御製御筆賜蔡相國詩曰："傑氣[10]驅來筆力勁，七分如對畫中卿。奔騰處有浪濤勢，慷慨時多燕、趙聲。北極風雲昭晚契，滄江鷗鷺屬前盟。湖洲以後模楷在，更喜東山詠洛生。"蔡相國賡進曰："香牋柔細寶毫勁，清讌中宸喚墨卿。鄒律勾回燕谷暖，巴人驚起舜《韶》聲。恩私載籍今初見，塵刹神明與共盟。終覺吾身非我有，父生之後又君生。"一時朝士皆賦其韻，儒生亦有之云。故猥附賡載之義，竊效贊歎之誠。

題處自天筆勢勁，覩心殊渥聳公卿。
舜歌繼進皇賡語，周《雅》迭鳴《鹿什》聲。
偉器可徒隆治化？藝垣先許主詞盟。
昭融盛契傾今古，獲睹昌辰幸我生。

10 氣：저본에는 "句". 《弘齋全書·題左議政蔡濟恭樊巖詩文稿》와 《樊巖集·賤藁覆瓿而止耳……以謝天高地厚之殊私云爾》의 해당 부분에 근거하여 수정.

上東門，因巡城，用昔日巡城聯句韻賦之

麗景深春好，閑居幽興多。

迨兹白日永，陟彼青門峨。

風浴宜時節，冠童共詠歌。

聊因試氣力，況復值豐和？

木齒憐靈屐，花車憶邵窩。

傍瞻三角岫，遙帶五江波。

草樹紛蒙蔽，雲煙相刮劘。

北巖穹棧磴，西嶽攢矛戈。

足慄危藤越，魂招絕壁過。

堞譙時隱見，幕壘密駢羅。

數雉迷千萬，尋龍幻頃俄。

實宜綿祚籙，寧不寶山河？

遊客紛攜袂，樵夫或睨柯。

微茫街路蟻，於樂辟廱鼉。

倚杖頻成趣，臨風更費哦。

白闉纏暢豁，紫閣又巖阿。

粉鵠懸蒼櫬，紅蛾間綠蘿。

促歸詩未暇，惆暮笑從他。

縱有遊觀樂，其如放浪何？

杜門誰靜處，使我羨磋磨？

將迎新婦，構成小屋，題二絶于壁

1.

小堂新構屋南頭，一榻蕭然靜且幽。

繩樞草舍還堪賦，不羨人間五鳳樓。

2.

蘆簾紙閤映垂楊，咫尺紅塵隔杳茫。

新春好擬迎佳婦，眉案機絲似孟光。

九樂軒半壁，爲風雨所壞

天公會事雨兼風，掀倒茅軒一半空。

從今不被簷墻隔，坐臥山光月色中。

元子初度日，多士復會丕闡堂，設宴志慶。班首尹進士【載厚】，用老杜《紫宸殿退朝》韻先賦。迺次以贈

綿綿景福自天垂，衣尺銅樓仰叡儀。
初度弧辰林律應，群趨璧水酒筵移。
銜恩已被頒糕洽，飾喜偏從試藝知。
却憶去年成此會，賦詩眞看墨臨池。【是日遣承旨及成均堂上，頒糕於明倫堂，又以賦頌試士。】

孫漢五【星德】以其先祖景節公【仲暾】東江書院請額事，有疏籲之擧，累朔伏閤，而未及登徹矣。政院傳上教以“日熱如此，使之退去”。故漢五將歸嶺南，索別詩於親知。聊以應之

憐君積瘁鬢成絲，不獨臨岐惜遠離。
今歸未必非恩暇，早晚丹綸下玉墀。

從沔人覓菊叢栽

平生性癖愛寒花，爲乞幽叢沔水涯。
若得三翎兼禁醉，會看寂寞變繁華。

見墻上草，有感

霖雨連旬月，墻頭衆草生。
托根不得所，莖葉空青青。

新晴

遙峯霧捲檻暾清，樹動微風弄影輕。
村鷄亦喜新晴景，飛上匏籬鳴復鳴。

聽蟬

空山老樹多，處處蟬聲溘。
請君莫嫌喧，喧中有靜意。

兪上舍【漢綺】歸青陽，臨別，口占以贈

月朔則齋儒例有所得，故在遠者皆趂期而來，況肯棄而去
乎？今兪上舍非有不得已，而能擺脫，世未嘗有也。詩以美
之。

苟欲朔朝求，不過三日留。
君獨飄然去，於今有此不？

夢有人臨科，將禱關廟，余贈以詩。覺後，有數三字未詳者，以
意補之

假令才足追蘇、黃，未必關公自主張。
況我一毫猶不盡，安能感格彼蒼蒼？

登第後感恩，成五百字

上之十五年，歲亥月貞酉，
泮宮養賢簿，承宣夜馳取。
事遵先甲令，時際上丁後。

紫禁何深嚴？青衿競奔走。
日射仁政殿，大庭齊拜叩。
煌煌仰璿題，親策意非偶。
"微辭與奧旨，《大學》書一部，
汝應讀之素，予望悉以牗。"
洪仁更念飢，肉軒加麰溲。
仰感上天慈，俯愧大筆手。

縱橫三千字，駑才竭衰朽。
只恨寸晷迫，敢云精義剖？
妄及衰有闕，但言臣所受。
群英胥爭先，捷敏竝佼懰。
丹墀日已斜，指點晒老醜。
然後始乃就，獻之拜稽首。
歸來自浩歎，故紙堪覆瓿。

回頭語諸子，"世業宜傳守，
爾方花夢筆，吾已柳生肘。
異日揚顯責，勉旃勤誨誘。"
閉戶睡正甘，不知鷄鳴丑。
院吏忽來喧，蓬蓽吠一狗。

金榜自天門，爲傳姓名某。
赴召迭催促，索錢仍叫吼。
艷賀紛里巷，光榮聳孺婦。
袍靴借齋儒，蹄指乞隣友。

大道如青天，曙色拂御柳。
整巾當枑雙，鞠躬入門九。
傳呼落雲霄，有隸挾左右。
倐到香案前，疑是夢中陡。

龍顏一解春，玉音諄諄久。
應製御批句，"陵肉"及"澠酒"。
於焉命之誦，反顧心自忸。
拊髀稱文章，衮襃回繡黈。

"聞汝貧窶甚，屋凡幾間蔀？"
向予恤頹戶，"得無見漏否？"
從容日移影，酬酢極溫厚。
退出轉感激，涕淚交相糾。

恩眷實曠絕，天地與父母。
淪肌更浹髓，欲言寧容口？
艱難念襃圭，鑑別賞秕垢。
鄒律溫黍谷，黃鍾鳴瓦缶。
殆若在我偏，試問於古有？
顧念至庸陋，何以答聖后？

粵自辛丑歲，已蒙獎抱負。
及到今春夏，屢驚千金帚，
奎寶沓黃卷，瑤陛霑玉卣。
涵恩遂至此，如海不可斗。
曷能報涓埃，庶冀免罪咎？
竊附周虎誠，拜祝萬年壽。

登第口占

今年八月暖猶多，瑞日蔥蘢囿太和。
盡召成均館裏士，親臨仁政殿中科。
難疑《大學》分章句，條對微辭在頃俄。
金榜天門傳半夜，鹵姿實愧沐恩波。

其二

五十老娘幾倒繃，一朝忽忝壯元名。
矜茲貧窶恩逾貺，許以文章寵若驚。
少日讀書空自負，衰年從宦豈能成？
瘦妻未解朝班事，錯擬他時五馬榮。

其三

泥塗不免羨青雲，及到青雲憂更殷。
末世妬讒多市虎，菲才官爵戒山蚊。
牛羊會計惟應謹，致澤經綸敢自云？
疏逖小臣淪浹渥，此生何以答吾君？

解嘲

科宦今皆髂成前，青雲平步極便儇。
傍人莫笑吾年老，梁灝多吾三十年。

桂陽道中

桂陽山色秀晴空，細菊深楓路不窮。
點點海邊鹽戶黑，村村籬外柿林紅。
土風屢值凶年惡，天勢遙將大野通。
老樹人家如畫裏，暮煙搖曳自西東。

詠鎌

穫收鎌最利，四野一揮平。
鑄冶模新月，磨硎對曉晴。
輝輝閃日色，挃挃和溪聲。
頗似刀鎗亂，夜來滿架橫。

秋雨

風鳴古木日光昏，鴻雁無聲鳥雀喧。
秋雨氣蒸如夏雨，海村雲冪似山村。
農夫坐歎禾棲畝，客子愁看水漲痕。
竟夜簷鈴眠不着，強呼病叟與之言。

其二

秋後陰晴難捉摸，千形萬態變斯須。

乍虹乍雹眞兒戲，忽雨忽暘似鬼廝。

風欲清徐還怒吼，雲纔泱漭却虛無。

人情世事君休怪，天道流行也自殊。

其三

自從今歲入秋後，未有三朝不雨時。

曉日揚輝雲忽靉，宵星爭彩颶還吹。

四郊禾秸收無暇，十月雷霆怒在誰？

遙想至尊憂丙枕，諸公燮理莫恬嬉。

古意。三首

1.

上山遲下山疾，作室難毀室易。

貴人不知稼穡苦，對案顰眉仍怒罵。

君不見世間萬事皆如此？達者所以視兒戲。

2.

下水苦西風，上水愁東風。

民人疾首吏人樂，稻田凶年黍田豐。

堯、舜豈不思博施？天地猶有未全功。

四海至廣吾身小，得失一任楚人弓。

3.

人心殊我心，做時異說時。

聖賢必貴言顧行，古今共歎忠見疑。

安得洞然無間隔，宇宙事業惟意爲？

次兒心培中監試初試【時翼兒爲陞補畫壯，人皆謂必得初試。】

索錢叫婢鬧荊蓬，柝送秘封自泮宮。

十八妙齡能發解，明年春榜儻成終？

莫言方朔三冬足，須學《中庸》百倍功。

人苦不知隴、蜀際，乃兄陞試又憧憧。

宿桂陽村舍，主人與隣翁語於窗外。詩以記之

暮宿桂陽村，雨聲攪客睡。

夜久群動闃，燈花時自墜。

隔窗坐主人，時適隣翁至。

相對簷楹間，共話心中事。

"今年固歉歲，吾鄉尤赤地。

禾穀不成穗，厥粒纔一二。
黍粟既無收，豆菽又全棄。
噫此百無成，蓋緣一極備。
木綿亦凶荒，柕柚皆空匱。
無食兼無衣，卒歲其敢議？

私債督已急，官糶心尤悸。
瓶盎曾何儲？鞭箠無所避。
枷繫凍獄，生出安可冀？

誅求及隣族，追呼紛繫臂。
打起村中狗，通昔吠官吏。
太守大肆威，日日肉鼓吹。
所以不堪苦，仰藥或自縊。

況於今年春，量田多虛偽。
益下反損下，焉得不困悴？
他邑所不行，一境獨偏被。
幹事多名目，按籍分第次。
引繩會田夫，蔽野聯駿騎。
直方與句梯，闊狹惟意恣。
等品變上下，卜束隨軒輊。
逐畝增厥賦，比前倍三四。

或有稱冤枉，動輒遭笞詈。
敢怒不敢言，背立空墮淚。
排日占村舍，夜宿仍晝饋。
烹狗復殺雞，狼藉間酒胾。
豈不含疾怨？聊以免嗔恚。

更計田多少，斂錢官府邃。
及秋雖恤災，未蒙惠澤暨。
年饑稅則重，何以畢輸致？
種糧俱烏有，敢望歲興嗣？

簽丁與戶役，一時又咸萃。
縱欲自賣身，誰肯收衰瘁？
破屋良難售，土銼本非器。
呼寒念老疾，啼飢憫幼稚。

聖人為民意，本欲推一視。
云胡不少體，因之以為利？
天高不可訴，尚亦無訛寐。"

良久語聲絕，但聞太息喟。
念爾情則慽，而我心如醉。
為民豈不哀？為官豈不愧？
三百六十州，引伸可觸類。

感歎爲此詩，竊取觀風義。

贈李上舍【誠儉】

與君相邂逅，昔在歲乙巳，
桂陽山南村，秋色畫圖裏。
朝出看穫稻，暮歸隨流水。
遂成同坐臥，何論異年齒？
殘燈書檢蠹，細雨杯傾蟻。
年年秋爲期，蓬戶笑相視。

今夕復何夕？自言爲進士。
君迹升黌舍，我名題紅紙。
收楡憗一戰，發軔羨萬里。
同歸洛城中，嵯峨隔譙雉。
東西雖落落，過從宜比比。
白衣如送酒，淵明定倒屣。【時李有送酒之約。】

大慈悲嶺

驅馬大慈嶺，寒雲凍不開。
雪天朝似暮，山路去如來。

自笑心爲役，誰憐景已頹？

孤煙巖下店，且倒數三杯。

吏曹書吏遺以青粧曆

紛紛餽遺咽朱門，歲暮誰知臥雪袁？

吏曹書吏青粧曆，忽到寒窓亦聖恩。

壬子元朝

此老在家常早起，元朝況是值新年？

無奈近來衰懶甚，臥聽鷄唱又成眠。

其二

逸少曾成《筆陣圖》，古人事業晚年須。

書窓寂寂空垂白， 無德無才愧老夫。【王右軍書《筆陣圖》時年五

十二，余今年亦五十二故云。】

人日

元日至人日，今年殊不陰。

殘粧梅敗意，暗綠柳生心。

天下無良馬？山中有好禽。

青春須自賞，白髮苦相侵。

春帖。二首

1.

新蒀抽十二，春節間寅申。

舒緩陽方長，發生氣孔神。

一天開壽域，萬物際昌辰。

吾亦殫疲駑，出爲聖世臣。【立春在正月十二日巳時。】

2.

吉夢相隨應豈虛？曲江春宴妙年譽。

人事但當修在我，天心未必不憐渠。【是年春，心兒將觀監試會

試。】

睡覺

睡甘初覺夜何其？曉色朦朦正不知。

小窓忽暗山禽叫，此是東方欲爽時。

其二

山窓日射懶猶臥，鳥戲花枝影絶奇。
睡美不知微雨過，墻東屐響却爲誰？

感懷。八百字

太極分兩儀，一陰而一陽，
白黑判五色，南北辨四方。
有薰斯有蕕，生苗更生稂。
元來正甚弱，況又邪必强？
荆棘掩芝蘭，鴟梟逐鳳凰。
君子不勝孤，小人常自昌。
所以消長際，大《易》垂訓詳。
"蹢躅孚羸豕"，堅冰戒履霜。

聖道如日月，粤自羲、農、黃。
協華舜紹堯，執中禹傳湯。
文、武暨周公，集成有素王。
顔、曾實傳統，思、孟繼其光。

伊後千餘載，墜緒空茫茫。
奎運啓一治，輩出周、程、張。
猗歟紫陽翁，直接夫子墻。

天高復海闊，萬古開冥倀。

哀哉彼異端，胡爲恣猖狂？
疑仁兼愛墨，似義爲我楊。
刑名號申、韓，虛無標老、莊。
堅白孰同異？神仙誠荒唐。

百家與衆技，更迭爭騰驤，
最是佛害甚，迎來自漢皇。
寺刹遍名山，蟠據巍相望。
象教被大界，梵音滿道場。
慈悲花雨天，寂滅旃檀香。
彌近乃大亂，正道日淪亡。

洛、閩幸天挺，排闢其說長。
距詖牖世迷，衛聖扶陽剛。
簡策炳丹青，窮宙垂煌煌。
在人不墜地，至今猶彝綱。
功豈在禹下？微聖吾其羌。

矧今明明后，治教夙丕彰，
開筵講唐、虞，建閣名奎章？
邪淫絕閭巷，絃誦溢黌庠。
是蓋一遵宋，庶不專美商。

豈意近年來，邪說劇劻勷？
命曰"天主學"，其源自西洋。
瑪竇賢姬、孔，耶穌高風、姜。
思以易天下，鴟張勢莫當。
漸染及中國，久矣其濫觴。

束帕載禍歸，有書動盈箱。
借問書中旨，如沸復如螗。
敬天以爲名，其實瀆且荒。
輒引聖經訓，厭然事掩藏。
自謂窮深微，不知背倫常。
氓俗旣愚惑，才雋亦趨蹌。

撥拾竺家語，地獄與天堂。
作法更念呪，妖邪眞不祥。
無父又無君，禽獸其心腸。
侮聖情如蝥，誘世言巧簧。
聞風惟恐後，奔波競贏糧。
流弊一至此，嗚呼不可禳。

吾聞至治世，聲教致梯航。
侏離慕風謠，鱗介化冠裳。
未聞變於夷，反爲所膏肓。
異教雖多端，厥害莫與亢。

幸值我聖主，全撫父師疆。
崇正示趨向，斥邪嚴隄防。
渠魁誠難赦，誅竄俾罹殃。
其餘聽自新，曉諭遍京鄉。
“要使盡悔悟，何必大懲創？
挺身攻擊者，得無有所妨？“

小臣竊有憂，藥石異肉粱。
聖徒能言距，鄒氏豈欺卬？
亦有喚賊邊，鉞毫揭臨漳。
不嚴惟是懼，包容則何嘗？

況玆叔季世，人心摠僞佯？
先入易爲主，宿處定難忘。
中心豈感化？外面徒飾粧。
縱未顯授受，也應潛扇揚。
萌蘖在種子，怨毒歸善良。
滔天與燎原，畢竟焉可量？

賢者貴審幾，明廷孰對揚？
讀書學何事？徒使我心傷。
塡海藐精衛，拒轍嗟螳蜋。
正路日益蕪，臧穀俱亡羊。

培覆理顛倒，何由質彼蒼？
春秋二三策，大義在尊攘。
誰言天地大？皦日獨扶桑。
有志惜未就，歲暮空徜徉。

挽趙注書【潤喆】。六十韻

東園有夭桃，方春花灼灼，
狂風忽摧之，韶光邃寂寞。
人生亦有然，天理固難度。
哀哉趙氏子，欲言先沱若。
夫既與之豐，云胡乃更薄？

容貌儘厚重，性度元質恪。
深沈傑特姿，迥出尋常格。
飛黃踏蟾蜍，鴻鵠笑燕雀。
謂是遠到器，暗中可摸索。
況有碩果理，故家久零落？
乃祖勳業壯，餘慶間世作。
所勉盍進修，豈憂終落拓？

往在歲柔兆，來我爲嬌客。
自顧愧清冰，人賀得潤璧。

翼載果大闈，仲秋哉生魄。
御前進退賦，矢口無窘迫。
天笑一爲新，褒嘉賜宴樂。
時年纔十八，觀者皆嘖嘖。
矧於老夫心，寧不喜折屐？
作詩賀且勉，報答期寸尺。

未及史奏雲，遽驚室居堊，
仍歲禍不單，承重荐酷虐。
欒棘閱六霜，常恐學不博。
殿試方有期，時乃祥而廓。

而我晚竊科，偕就與爾約。
世人相艷歎，此事罕今昔。
適會似不偶，老少庶相托。
別久歲律新，上元寒月白，
倦馬踏殘雪，窮巷勤剝啄。
青燈開素襟，黃卷喜麗澤。

誰知五日間，奄見二竪革？
秪言"感風寒，無妄可勿藥"，
呻吟僅三朝，危齁倏一夕。
瞥霅已屬纊，倉卒纔反席。

得非造物猜，無乃運命厄？
抑或昧醫理，調治多失着？
始慮晨占凶，終符夜夢咢。
毒割我心肝，失聲慘且愕。
荷麓與柰山，相距只半百，
天老鬼不仁，人事猝變易。

芳春二十三，忽如駒過隙。
慈母仰天號，弱妻崩城哭。
牀前兩幼女，何以能鞠育？
萬事都瓦裂，一家嗟魯削。
譬如涉海者，風濤舟忽柝。
期頤縱難享，夭椓何太速？

聖恩及身後，貤贈遵關石，
紫誥起居注，紅紙出身籍。
何處報新榮？隨事悲陳迹。
景物觸耳目，感傷塡胸膈。

乘龍竟何有？委禽徒如昨。
曾期我羽翼，今見子窀穸。
每逢那邊人，輒作數日惡。
向非溢聲名，儻或延壽脈？

不如里中子，蚩蠢老阡陌。
豈必理氣然？無奈命數各。
彭殤與貴賤，壹是歸冥漠。
所以達觀人，坦然無欣戚。

悲風動喬木，虛月映素幕。
永爲君家唏，不獨吾女惜。

郊外即事

信步平蕪杖屨輕，煙郊騁望覺神清。
溪分細草微風過，雲漏遙天返照明。
方鬬忽鳴鷄底性，將飛旋下鷺多情。
田肥雨足村容靜，羨爾蓑翁偲偲耕。

蚤蝨賦

德至大於天地，一言蔽之曰生。
機無停於陰陽，物各祖於性情。
渾埃軋而亭毒，紛色色而形形。
矧夏節之長養？氣蒸溽而流行。
彼肖翹與蠕蝡，無不有而難名。

或與人而無干，亦侵我而不寧。

維爾蚤之為物，何奇怪而毒害？
始氤氣於卑溼，遂成形於埃壒。
其體至藐，其勇甚大。
其腹易飽，其慾則最。
其罪難容，其計則獪。
蓋亦化而亦卵，或在人而在獸。
色赤黃而淺深，大為牝而小牡。
背如夾而高銳，首似芒而尖瘦。
既輕身而善踊，又疾足而能走。

觜銛利而嘬膚，羌若針而類灸。
恣跳梁於几席，輒唐突於朝晝。
塵方揮而驚煩，筆纔運而駭手。
張一指而攘臂，擬猛拈而捽取，
曾不及乎施措，已聖知而烏有。
乍躍躍而上下，倏騰騰而左右。
光閃鑠而目眩，迹怳惚而勢陡。

徒忙逐而亂點，失去處於俄忽。
雖眼明而手快，奈神出而鬼沒？
投壁罅而伏潛，鑽席隙而躲猝。
欣淵藪於衣衾，誇棲息於書帙。

入褌中又襪縫，尤難尋而易逸。
縱有幸而快意，迺遺百而獲一。
方奮勇而鬪趫，能絕地而以尺。
諒厥小之無比，胡捷銳之乃若？

睹紙粉而輒附，應學道於堅白。
臨水火而不動，故多智於量度。
工避害而保身，孰謂爾以微物？

當歊炎之鑠人，舉喘汗而煩鬱。
百蟲繽其交軋，固多苦而少逸。
蚊蝱競於螢蜇，蠅蚋又以侵軼。
咬難忍於多蠍，痒不堪於蟣蝨。

欲索言其爲害，莫如爾之最酷。
消永日而作夜，冀少安於牀褥，
勃乘時而凌突，交得意而相續。
劇群攻而衆攢，憯膚腫而皮粟。
紛探採而爬搔，但劬勤於手足。
魂將定而屢驚，睫欲交而旋瞠。
唉通昔而不寐，仍展轉而逮明。

思甘心而盡劉，括衾裯而厲精，
早知時而悉匿，餘者迸而縱橫。

寂似無於一時，謾自勞於經營。
反以顧於身上，肌無完於痕痂。
密密刺於利錐，點點紅於桃花。
無由血於爪甲，誰能磨之齒牙？
爲小物之所欺，空咄咄而長嗟。

復遺矢而污濁，巧點鋪於隨在。
衣裳失其皓鮮，枕被淪於涴穢。
猶蠅璧之變亂，甚油墨之黯黮。
鮑人無所施其茶澣，帾氏無所用其欄灰。
齏不足而又巇之，今此民兮亦孔哀。
安得假赤犮翦禜之術，熏之毒之疾若風雷，
俾安寢而潔服，更無蚤於八垓？

然惟被困而受苦，亦由吾之自取。
壁未塗而蟻陣，突不煙而菌吐。
物繁猋而雜堆，席弊壞而濕腐。
長懶廢於灑掃，遑又論於修補？
得其所於甈甈，固蟲豸之攸聚。
苟在我而整理，物雖毒而敢侮？
堅一室而不隙，絕些塵而虛淨，
功何憂於探囊？ 狀莫逃於懸鏡。
不此爲而誰尤？ 又何益乎恟恟？

余有感於反隅，嗟宵小之害正。
造謗讒而毒螫，甘噬齕而窺偵。
既幻形而匿影，忽跳踉而奔競。
恒自得而巇人，終莫悛夫戾性。

覿情狀於隨處，斯與爾其何瘳？
聞哲人之有言，蓋莫若乎自修。
韓佯亡而不誠，卜著賦而太憂。
吾於彼而何哉？且日省而反求。
靜言思而躬悼，蚤雖咬而不愁。

亂曰：
我室不修，自貽慽兮。
非汝之罪，尚何謫兮？
物然人甚，自古昔兮。
取譬能近，宜善繹兮。

唱榜日志盛舉

去年八月仁政殿，臨軒親策擢第一；
今年三月仁政殿，殿試唱榜間六日。
閶闔晴開誅蕩蕩，大庭刻石排品秩。
日射金榜明罘罳，仙仗雷霆徐聞趨。

文東武西隨青春，嬌花嫩柳相映纈。
螭頭森束御賜花，紅紙煌煌大字筆。
一一頒下拜稽受，頭上懷中寵光溢。

是日駕幸毓祥宮，羽林摩戛樂轇輵。
乃命新恩作前隊，分列左右驅無疾。
大道如砥青絲直，瑞氣蟠空紅雲靆。
有聞無聲亘十里，金勒雙雙白馬齧。
輝映豈緣侈相高？整暇眞看師以律。
倡優炫冶沓妙技，簫鼓訇殷挾鳴瑟。

"誰家少年卿相子"，遠遠傳呼又催迭。
飛上九天天笑新，駐輦進退恩遇密。
傾城士女夾路觀，縱目挨陣無呵叱。
山川如畫麗景遟，太平氣象囿萬物。

光化門前祗謁罷，或歸或留各相率。
六龍逶迤洗心臺，御幕如天在嶄嵲。
榜中幾人能詩聲，呼來賡韻威顏昵。
揮毫珠玉袖香煙，華牋成軸姓名列。

愧無李白百篇譽，虛負賞花一宴設。
只幸生逢聖明世，不世榮被衰朽質。
更待明朝延英外，謝恩重醉一杯出。

謁聖後記事

謁聖期在第三朝，鮮衣怒馬觀旀橋。
甲科擁蓋高拂雲，富人張樂殷喧霄。
散入泮村倡優躍，酒肉如山主人邀。

於論鼓鍾會多士，濟濟東西羅八簋。
戴花整笏巡堂行，滿堂千朵復萬蘂。
大成殿闕次第趨，左右呼唱齊拜跪。

春風馬蹄爲誰疾？少年作伴意氣出。
愧我衰朽偶竊科，草草行色只蕭瑟。
是日恩除起居注，院吏粉牌催赴闕。
堂后深嚴多寮寀，侍童亦知炎涼別。

承宣書役一埤益，鎰硯敗毫長在側。
隨例暮宿待漏廳，施禮朝上六仙閣。
事務堆仍動催趨，欲求暫逸何可得？

面看交代始許歸，金虎門外卸朝衣。
飽飯千官誇輕肥，我獨踽踽忍調飢。
如今未從大夫後，不妨徒行遵彼微。

憶昔行

憶昔忝從太學生，朝薤暮鹽趁鍾聲。

人言虀薄不可堪，我謂隨分勝呼庚。

一自去年決科後，此身不得復居黌。

杖藜出門無所適，塊臥終日閉柴荊。

蓬蒿滿宅草蔓屋，上漏下溼壁頹傾。

土銼經日冷疏煙，男啼女哭憂思縈。

春衣典酒無復有，監河貸粟終不成。

況我氣質素羸弱，垂老離索疾病嬰？

蟫李無緣救於陵，狐餐何能及爰旌？

厚祿故人書已絕，黔敖、子輿空留名。

朱丹其轂白皙容，冷笑迂儒鴻毛輕。

獨向黃卷對聖賢，有言差可慰我情。

曾子曳履歌《商》聲，原憲併日思道行。

所學何事還自戾，豈因區區效悲鳴？

我命雖微亦在天，天實爲之孰敢爭？

富貴浮雲不可求，君不見主父偃五鼎食五鼎烹？

著者 尹愭

1741年(英祖17)~1826年(純祖26). 18世紀에 活動한 文人으로, 本貫은 坡平, 字는 敬夫, 號는 無名子이다. 幼年期에 文才가 뛰어나 집안의 囑望을 받았다. 20歲에 星湖 李瀷의 弟子가 되어 經書와 詩文을 質正받았다. 33歲에 增廣 生員試에 合格하여 近 20年을 成均館 儒生으로 지냈고, 이때 成均館의 모습을 그린 〈泮中雜詠〉 220首를 지었다. 52歲에 文科에 及第하였다. 藍浦縣監과 黃山察訪, 獻納 등을 거쳐 81歲에 正3品의 戶曹 參議에 올랐다. 纖細한 感受性으로 自身의 內面을 描寫하고 自然을 읊었으며 權力者의 橫暴와 兩班 社會의 不條理를 날카롭게 批判하였다. 또 400首의 〈詠史〉와 600首의 〈詠東史〉를 通해 歷史意識을 詩로 形象化하였다. 著書로《無名子集》이 있다.

校勘標點 姜珉廷

1971年 濟州道 涯月에서 出生하였다. 서울大學校 地球科學敎育科를 卒業하였다. (舊)民族文化推進會 附設 國譯硏修院 硏修部와 常任硏究部에서 漢文을 受學하고, 成均館大學校 漢文古典飜譯協同課程에서 文學博士 學位를 取得하였다. 韓國古典飜譯院 專門委員을 거쳐 現在 成均館大學校 大東文化硏究院 據點飜譯硏究所에 在職 中이다. 《農巖集》,《無名子集》,《承政院日記(高宗·仁祖)》,《雪岫外史》,《校勘學槪論》,《注釋學槪論》,《七政算內篇》 등의 飜譯에 參與하였다. 博士學位 論文〈九章 術解의 硏究와 譯注〉外에〈算學書 飜譯의 現況과 課題〉등 多數의 論文을 發表하였다.

圈域別據點研究所協同翻譯事業 研究陣

研究責任者　　安大會(成均館大學校 漢文學科 教授)
共同研究員　　李熙穆(成均館大學校 漢文學科 教授)
　　　　　　　陳在敎(成均館大學校 漢文敎育科 教授)
　　　　　　　李昤昊(成均館大學校 HK 教授)
責任研究員　　姜珉廷
　　　　　　　金榮植
　　　　　　　李奎泌
　　　　　　　李霜芽
　　　　　　　李聖敏
研究員　　　　李承炫

校正　　　　　李珉鎬

校勘標點
無名子集 1

尹愭 著 | 姜珉廷 校點
初版 1刷 發行 2016年 12月 30日
編輯·發行 成均館大學校 出版部 | 登錄 1975. 5. 21. 第1975-9號
住所 (03063) 서울市 鍾路區 成均館路 25-2
電話 760-1252~4 | 팩스 762-7452 | 홈페이지 press.skku.edu
組版 고연 | 印刷 및 製本 영신사
ⓒ 韓國古典翻譯院·成均館大學校 大東文化研究院, 2016
Institute for the Translation of Korean Classics·Daedong Institute for Korean Studies

값 20,000원
ISBN 979-11-5550-200-6　94810
　　　979-11-5550-105-4　(세트)